论『短』道『长』

娄道 著

中国文联出版社

**图书在版编目（CIP）数据**

论"短"道"长" ／ 娄道著．--北京：中国文联
出版社，2017.2（2023.3重印）

ISBN 978-7-5190-2558-8

Ⅰ.①论… Ⅱ.①娄… Ⅲ.①故事—作品集—中国—
当代 Ⅳ.①I247.81

中国版本图书馆 CIP 数据核字（2017）第 031881 号

著　　者　娄　道
责任编辑　郭　锋
责任校对　乔宇佳
装帧设计　中联华文

出版发行　中国文联出版社有限公司
地　　址　北京市朝阳区农展馆南里 10 号　　　邮编　100125
电　　话　010-85923025（发行部）　　　85923091（总编室）
经　　销　全国新华书店等
印　　刷　三河市华东印刷有限公司

开　　本　880 毫米×1230 毫米　　1/32
印　　张　6.5
字　　数　152 千字
版　　次　2023 年 3 月第 1 版第 2 次印刷
定　　价　58.00 元

# 天堂的菜

　　这大概是一本茶余饭后补充精神食粮之书，能卧在您的床头案边是我们前世之缘。起名为《天堂的菜》，是据《本草纲目》记，橄榄为"天堂之果"，在《客家食谱》中用橄榄所制成的菜称为客家天堂菜。客家天堂菜制法讲究，选用碧绿丰润的鲜橄榄，去其苦涩，尽取香馥之味，留其珍贵橄榄油成分，秘制成滑润爽口的客家天堂菜。正如我们生而为人，作为一种杂食性动物就注定了要从天地间汲精敛露，所以选择就成了我们汲取养分的关键之处。本书作者历经年月摘选了这些引人入胜的故事，并舍掉世俗目光的解读将故事中精华感悟记录于纸，正巧与天堂的菜有异曲同工之妙。撷来用之，与您共勉。

　　这应该是做人做事增加智慧必备之书。我相信，当你用心阅读本书时，你会有"听君一席话，胜读十年书"的感悟。我相信你读完这本书的第一反应是：我应该向每位朋友、同事和家人送上这本书，并且让大家好好补上这一课，我深信并很开心您会因您对家人浓厚的爱而向他们推荐。

　　一滴水珠可以折射出太阳的光辉，一朵小花能蕴含天堂的美好，一则生活中的小故事，往往能使我们领悟到智慧的光芒和生命的力量，感受到人性和世界的美好，体会人性心灵的博大和宽广。它们比起抽象的理论能以更简单、更明了、更深刻的方式把这些人生道理揭示出来，触动我们的心灵。希望这本书能让您打开思想的禁锢，让您能够感觉刹那间豁然开朗，好似走出了沙漠到了绿洲发掘宝藏。

人不仅需要被教育，还需要时常被提醒，本书都是一些有深刻的思想内涵和蕴含丰富人生体验的故事，朴实的语言和简单的文字如颗颗指路的明星，时刻指引我们正确地面对生活、超越自我、创造自我、追求无我。

小故事温暖心灵，大哲理点醒人生，这是一本用故事诠释人生的书，书中的故事都是从中外众多故事中经过精挑细选，分章归类，每则都给人启迪，发人深省。本故事后附的心灵感悟，更是自感有画龙点睛之妙，既是故事的总结，又是故事的升华，读后会有醍醐灌顶，大彻大悟，如梦初醒之快感。

本书的后半部分是我多年积累、四处搜集、记录下来的闪耀着智慧灵光的人生名言，希望这些精辟睿智、句句经典的话语能够让您阅后有拨云见日，茅塞顿开之感，使您能够带着坚定的信念，迈出有力的脚步，踏上人生的顶峰。

人生是个不断成长和选择的过程，每次听到或者看到这些富有人生哲理、百听不厌、给人智慧和力量的故事和句子，我都会爱不释手，并马上记录下来，我知道人生的伟大来自坚持，成功没有轰轰烈烈，只有点点滴滴，经过多年收集和编排，《论"短"道"长"》终于问世。

此书在编写过程中，参考了大量的书籍，笔录了很多老师的演讲故事，同时得到了很多领导、团队领导人、合作伙伴、家人、朋友、出版社编辑们等的鼎力支持和帮助，才得以顺利出版，在此一并表示我衷心的感谢，由于我才疏学浅，书中如有冒犯或不妥之处，敬请指点和批评，我当虚心领教。

我无法停下手中点触的笔，也无法停下心中学习的执念。我很高兴能与大家共同分享《论"短"道"长"》，您的爱给了我无穷的力量，接下来我会有更多的"心作"期待与大家见面，我相信这一天不会太遥远。因为有您的支持、理解和爱。

她们的名字分别叫：

《"道"此一游》（Ⅰ）

《国学"直"道》

《道草人》

《楼道里的摇钱树》

……

期待与您缘来邂逅！

娄　道

# 【目　录】

## 第一部分　故事里的故事

第一章　机遇与选择………………………………… 3

第二章　爱心与感恩………………………………… 9

第三章　心态与命运………………………………… 18

第四章　舍得与付出………………………………… 34

第五章　倍增与坚持………………………………… 41

第六章　品德与心境………………………………… 48

第七章　目标与行动………………………………… 63

第八章　合作与共赢………………………………… 82

第九章　危机与竞争………………………………… 92

第十章　理解与包容………………………………… 102

第十一章　习惯与改变……………………………… 112

第十二章　相信与奇迹……………………………… 123

第十三章　了解与误解……………………………… 132

第十四章　低调与谦卑……………………………… 142

第十五章　技巧与智慧……………………………… 153

第十六章　磨炼与成功……………………………… 164

## 第二部分　灵魂的声音

第一章　未雨绸缪······172

第二章　近朱者赤······178

第三章　巧借东风······184

第四章　捷足先登······188

第五章　境由心生······191

第六章　水滴石穿······196

第一部分

# 故事里的故事

听别人的故事，悟自己的人生。

# 机遇与选择（相亲）

人生最大的不幸是辛辛苦苦爬上墙，才发现梯子靠错了地方。

1　富翁家的狗

富翁家的狗崽儿散步时跑丢了，于是富翁在当地的报纸上发布一则启事：有狗走失，归还者，付酬金一万元。

启事刊出后，送狗者络绎不绝，但都不是富翁的狗，富翁的太太说，肯定是捡到狗的人嫌给的钱少，那可是一只纯正的爱尔兰名犬。于是富翁致电报社，把酬金改为两万元。

一个沿街流浪的乞丐在一张旧报纸上看到了这则启事，他立即跑回他住的桥洞，因为前两天他在公园的躺椅上打盹时捡到了那只狗，就拴在桥洞里。

乞丐第二天一大早就抱着那只狗出门，准备去领取两万元酬金。当他经过一个小报摊的时候，无意中又看到了那则启事，但赏金已经变成了三万元。乞丐又折回桥洞，把狗重新拴好。

第四天，悬赏的金额果然又涨了。在接下来的几天里，乞丐天天浏览当地的报纸，当酬金涨到全城市民都感到惊讶时，乞丐返回桥洞，可是那只狗已经死了，因为这只狗在富翁家吃的都是鲜牛奶和烧牛肉，无法忍受乞丐从垃圾桶里捡来的东西。

**感悟**：失去机遇的原因往往体现在两个环节上：识机和握机。

2　相亲

那年，他坐在咖啡店里等朋友，一位女孩走过来问："你是通过王阿姨的介绍来相亲的吗？"他抬头打量一下她，正是自己喜欢的类型，心想何不将错就错，于是忙应道："对，请坐。"结婚当天，他坦白，当时自己不是去相亲的。老婆笑道："我也不是去相亲的，只是找个借口和你搭讪。"

**感悟**：机遇是上帝送给每个人的礼物，但总是戴着面具而来。

### 3 石头的价值

他很普通，没有什么大作为，因此一直觉得活着没有什么意义。

一天，他向一位哲学家请教："你能告诉我，像我这样的人，活着有什么意义吗？"

哲学家想了想，便随手拾起树底下的一块石头，递给他说道："你把这块石头拿到市场上去卖，但是记住，无论别人出多少钱，你都不要卖。"

他这样做了。没想到的是，由于他坚决不肯出售，人们反而认为他的石头里藏着什么秘密，因此价越出越高。

第二天，按照哲学家的意思，他又把石头拿到了玉石市场去卖。由于他还是不肯出售，价格又是一路飙升，已经远远超过了玉石的价值。

第三天，哲学家又告诉他到珠宝市场去卖这块石头。奇迹出现了，这块本来一文不值的普通石头成了整个珠宝市场价格最高的商品，人们甚至以为它是千年不遇的珍奇化石。

"怎么会这样呢？"这人非常奇怪地问哲学家，"这明明是一块再普通不过的石头嘛。"

哲学家回答道，"当你非常珍惜它，把它当成稀世珍宝时，它便拥有了无上的价值。生命不也一样吗？"

这人一下子明白了。

**感悟**：人生的价值高度，从来都是由自己决定。

## 4  上帝的信徒

一个人对上帝非常信仰，每天都期待上帝来眷顾他。有一次突然山洪暴发，所有的道路都被淹没了。他只好爬到自家的屋顶求生，可是洪水依然上涨。

就在这时，有一个木船划了过来，村民们喊他上船，他却坚持说："上帝会来救我的，我是不会上这艘小船的。"过了没多久，又驶来一艘救生艇，可他依然不走，他依然坚持说上帝会来救他的，于是这艘救生艇只好离开。第三次是一架直升机过来救他的，当飞机降落在他的上空时，他依然不走，说上帝会来救他的，因而拒绝了救助。最终他被洪水淹死了。

死后，他来到了天堂，见到上帝生气地说："我最尊敬的上帝啊，您为什么不来救我呢？难道我的信仰还不够吗？"上帝说："我救了你三次，可是你每次都不接受，这怎么能说我没有救你呢？"这时，这个信徒才恍然大悟。原来是自己不珍惜逃走的机会。

**感悟：**当你忙于敲响机遇之门时，会不会听不到机遇的敲门声。

## 5  三人入狱

有三个人要被关进监狱三年，监狱长满足他们三个一人一个要求。

美国人爱抽雪茄，要了三箱雪茄。

法国人最浪漫，要一个美丽的女子相伴。

犹太人说，他要一部与外界沟通的电话。

三年过后，第一个冲出来的是美国人，嘴里、鼻孔里塞满了雪茄，大喊道："给我火，给我火！"原来他忘了要火了。

接着出来的是法国人。只见他手里抱着一个小孩子，美丽女子的手里牵着一个小孩子，肚子里还怀着第三个。

最后出来的是犹太人，他紧紧握住监狱长的手说："这三年来我每天与外界联系，我的生意不但没有停顿，反而增长了200%，为了表示感谢，我送你一辆劳斯莱斯！"

**感悟**：过哪种生活终究会是你想法的结果，而不是环境。


### 6　蜜蜂的选择

蜜蜂爱上蚊子，准备和蚊子结婚。蜜蜂妈妈知道了，坚决反对。蜜蜂很不解，说："蚊子人品好，又勤奋，你为什么反对我和他结婚？"蜜蜂妈妈说："我的宝贝女儿，蚊子虽然勤奋，但干的是针灸这活儿，干就有收入，不干就没有。蜘蛛不一样，虽然长得丑一点儿，可人家干的是网络生意，只要他的网络在，你这辈子就有保障！"

**感悟**：懂得借力方能事半功倍，试问一个人浑身是铁能打几根钉？


### 7　干白菜

有个人觉得身体不舒服，就去看一位老中医，经过老中医的细心诊断，目前的身体虽无病症但已有隐患。需要用中药调理，否则四年后会隐患转患病，就麻烦了，于是就给这个人开了中药先回去调理，但需要一个药引子，就是晒了四年的干白菜。

这个药引子可难坏了他，回去后他多方打听，四处寻找，一

·7·

年没找到，两年没找到，三年没找到，四年过去了，找遍了他能找的地方，也没有找到一棵晒了四年的干白菜。眼看病情越来越重，就去找老中医，对老中医说："你开的药引子太难找了，我找了四年都没有找到，能否换个药引子。"

老中医说："这个药引子不能换，必须是一棵晒了四年的干白菜。"

这个病人说："你这不是为难我吗，我找了四年了，都没有找到，你叫我还到哪里找？"

"我怎么是为难你呢，四年前你第一次到我这看病时，我不是就告诉你了吗，如果那时你回去就晒上一棵，到今天不就已经是四年了吗，不正好现在用吗？"

**感悟**：今天吃的苹果源于几年前种下的树，几年后嘴里吃的梨亦然。

## 第二章

# 爱心与感恩（懂感恩的狼）

会做事不如会做人，会做人不如懂感恩，懂感恩不如施爱心。

## 1  乌鸦反哺

在传说中，《乌鸦反哺》是让人感动的一个故事，乌鸦一是一种通体漆黑、面貌丑陋的鸟类，因为人们觉得它不吉利而普遍厌恶，正是这种遭人嫌恶、登不了大雅之堂、入不了水墨丹青的鸟，却拥有一种真正的值得我们人类普遍称道的美德—养老、敬老，在养老、敬老方面堪称动物中的楷模。

据说这种鸟在鸟妈妈的哺育下长大后，当鸟妈妈年老体衰，不能觅食或者双目失明飞不动的时候，它的子女就四处去寻找可口的食物，衔回来嘴对嘴地喂到鸟妈妈的口中，回报鸟妈妈的养育之恩，并且从不感到厌烦，一直到老乌鸦临终，再也吃不下东西为止。这就是人们常说的"乌鸦反哺"。

**感悟：**天地百善孝为先，一个"孝"字感动天。

## 2  羔羊跪乳

很早以前，一只母羊生了一只小羊羔。羊妈妈非常疼爱小羊，晚上睡觉让它依偎在身边，用身体暖着小羊，让小羊睡得又熟又香。白天吃草，又把小羊带在身边，形影不离。遇到别的动物欺负小羊，羊妈妈用头抵抗以保护小羊。

一次，小羊说："妈妈，您对我这样疼爱，我怎样才能报答您的养育之恩呢？"羊妈妈说："我什么也不要你报答，只要你有这一片孝心就心满意足了。"小羊听后，不觉流下泪，"扑通"跪倒在地，表示难以报答慈母的一片深情。从此，小羊每次吃奶都是跪着。它知道是妈妈用奶水喂大它的，跪着吃奶是感激妈妈的哺乳之恩。这就是"羊羔跪乳"。

**感悟：** 父爱如山，母爱无价。

### 3　懂感恩的狼

一个猎人上山打猎，看见一匹狼卧在山坳里，当他举起猎枪瞄向狼的时候，狼没有跑，仍然卧在那里。猎人觉得很奇怪，近前一看，发现是匹怀孕的母狼。而且显得有些可怜，原来这匹狼一条腿折了。狼看着猎人，像是在祈求猎人饶它不死，猎人心软了，不但没有杀它，还将它的伤腿进行了包扎。

冬天到了，一场大雪封住了猎人家的门，他一连好几天都无法上山打猎。一天夜里，猎人感到自家靠山根的后院里"扑通扑通"地响，像是有人往院里扔东西。第二天，猎人开门一看，院里扔了几只野兔和山鸡。以后每逢下大雪不能上山的时候，都是这样，原来是狼在报恩。

**感悟：** 感恩是动物的本性，狼且如此，何况人乎！

### 4　离家出走的年轻人

一个年轻人负气离家出走。一天，他又冷又饿，晕倒在一户人家门口。醒来的时候，他已经躺在了温暖的床上，一位满头白发的老太太正在一勺一勺地喂他姜汤。似乎怕姜汤烫到了他，老太太总是先把汤勺里的汤吹凉了，然后才小心翼翼一口一口地喂给他喝。这个年轻人感激地说："谢谢！"到了晚上，当他正准备入睡的时候，只听得门"吱"的一声，老太太蹑手蹑脚地进来，给他披了披被角。看着这位陌生的老人对自己如此照顾，他忍不住哭泣起来，说出了自己离家出走的原因。

老太太听完他的叙述后，摸着他的头说："你真是个傻孩子呀！我不过就是为你做了一顿饭、掖了一次被角，你就这么感激我。可是有人给你做了多少次饭，给你掖了多少次被角，却从来没有得到过你的感激。"年轻人问这个人是谁呀？老太太笑了笑说："这个人就是你的妈妈呀！"

**感悟**：受人滴水之恩当涌泉相报，受父母涌泉之恩当何以相报。

## 5　母爱

儿子养不起年迈的母亲，决定把她背到山上丢掉。傍晚，儿子说要背母亲上山走走，母亲吃力地爬上了他的背。他一路上都在想：爬高点，走远点再丢下她才不会走回来。看到母亲在他背上偷偷往路上撒豆子，他很生气地问："你撒豆子干什么？"母亲和蔼地说："傻儿子，我怕你等会儿一个人下山会迷路。"

**感悟**：父母的爱始终伴随着我们一生，与他们是否年迈无关。

## 6　爱人之心

有位孤独的老人，没有子女又体弱多病，他决定搬到养老院去，老人宣布出售他豪华的别墅。购买者闻讯蜂拥而至。别墅的底价是 8 万英镑，但人们很快就将它炒到了 10 万英镑，而且价格还在不断地攀升。但是老人静静地坐在沙发上，满目忧郁。是的，要不是孤苦伶仃、疾病缠身，他是不会将这栋陪他度过大半生的住宅卖掉的。

一位衣着朴素的青年人来到老人跟前，低声说："先生，我非常想买这栋住宅，可是我只有 1 万英镑。""可是它的底价是

8 万英镑啊。"老人淡淡地说，"现在它已经升到 10 万英镑了。"

青年人并不沮丧，诚恳地说："先生，如果您把这住宅卖给我，我保证会让您依旧生活在这里，和我一起喝茶、读报、散步，天天都快乐的——相信我，我会用我的这颗心来时时关爱着您。"

老人面带微笑地聆听着。

突然，老人站起来，挥手示意人们安静下来："朋友们，这栋住宅的新主人已经产生了。"老人拍着身旁这位年轻人的肩膀说道，"就是这位小伙子！"青年人终于令人不可思议地赢得了胜利，成为别墅的主人。

**感悟**：在人生这段从个体走向个体的道路中怀揣一颗爱心，有时就能让你避免冷酷的厮杀和欺诈而走向成功。


### 7　上帝之物

一个小男孩捏着一枚 1 元硬币，沿街一家一家商店地询问："请问您这儿有上帝卖吗？"店主要么说没有，要么嫌他在捣乱，不由分说就把他撵出了店门。

天快黑了，第 29 家商店的店主热情地接待了男孩。老板是一位满头银发、慈眉善目的老爷爷。他笑眯眯地问男孩："告诉我孩子，你买上帝干什么？"男孩流着泪告诉老头，他叫邦迪，父母很早就去世了，他是被叔叔抚养长大的，叔叔是个建筑工人，前不久从脚手架上摔了下来，至今昏迷不醒。医生说，只有上帝才能救他。邦迪想上帝一定是种非常美好的东西，我把上帝买回去，让叔叔吃了，伤就会好。

老板眼圈湿润了，问："你有多少钱？""1 元。"孩子说。"孩子，眼下'上帝'的价格刚好就是 1 元钱。"老板接过硬币，从货架上拿了瓶"上帝之物"牌饮料说："拿去吧，孩子，你叔叔喝了这瓶'上帝'就会好了。"

邦迪喜出望外，将饮料抱在怀里，兴冲冲地回到了医院，一进病房，他就开心地叫嚷道："叔叔，我把上帝买回来了，你很快就会好起来的。"

几天后，一个由世界上顶尖医学专家组成的医疗小组来到医院，对邦迪的叔叔进行会诊。他们用世界上最先进的医疗技术终于治好了他的病。

邦迪叔叔出院时，看到医疗账单上那个天文数字，差点吓得昏过去。院方告诉他有个老头儿帮他把账单付清了。那个老头儿是个亿万富翁，从一家跨国公司高层位置上退了下来，隐居在本市。

**感悟：**上帝向来偏心，他偏向淳朴的心灵、不屑的行动和真诚的感动。

### 8 老人的故事

这位老人告诉我，在1976年以前，他是唐山某水库的管理员，经常一个人驻守在水库边。

因常常闲来无事，他喜欢上了垂钓，随着垂钓技术的不断提高，他钓的鱼常常吃不了，就存养在一口大缸里。这口大缸，则放在搭建的简易厨房里。

1976年初夏的一个晚上，他还没睡，就听到厨房里有动静，他抄起家伙去看个究竟。原来是一只前来偷吃鱼的野狐，不小心掉进了缸里，怎么也爬不上来了。想到前几次不明就里地鱼就少了，他就想弄死这只讨厌而倒霉的狐狸。

当他用强光手电照着狐狸，正欲动手时，他看到狐狸的眼里满是惊恐，甚至还有眼泪。他的心又软了，最终他还是放了这只野狐。

后来，他的鱼就再没少过。他就感叹：狐狸这生灵，通人性、有良心。更令他意想不到、感慨万千的是，唐山大地震骤来时，这只野狐居然挽救了他的命。

1976年7月28日凌晨3时左右，熟睡中的他，被一种急促的抓挠声和"嗷嗷"鸣叫声吵醒。他听出来，是那只狐狸，就起身下床打开房门—那只野狐焦躁不安地仰脸望着他，并一次次地就地兜圈子，像一个有急事的有着满腹话语的哑巴。

他就想，可能狐狸没找到猎物，饿急了，来求援了。可是，就在他想回屋里取吃的东西救济它时，那只狐狸忽然咬住了他的凉鞋襻，狠命地往外拉。他忽然有一种预感。于是，跟随狐狸来到院子里。

就在这时，举世皆惊的6.8级大地震轰然降临，他居住的配电室，瞬间即被震塌，直到现在，年迈的老人还念念不忘那只被他放生又来救他的狐狸，他感慨万千地说："地球就是个大家庭，大多数的生物、动物与人类息息相关，动物们尽管不会言语，却也有着同样的思维、灵性和良心。"

从那以后，他再也没有钓过鱼……

**感悟：一个真实的故事，信则灵，不信亦为零。**


9　壁虎的故事

在日本发生了一件事：有人为了家里装修，拆开了墙，日式住宅的墙壁通常是中间架了木板后，两边抹上泥土，其实里面是空的。他拆墙壁的时候，发现一只壁虎被困在那里，一根从外面钉进来的钉子，钉住了那只壁虎的尾巴。那人见状，既觉可怜又感好奇，他仔细看了看那根钉子，天啊！那根钉子是十年前盖房子的时候钉的。

到底怎么回事？那只壁虎竟然困在墙壁里活了整整十年！黑暗中的墙壁里的十年，真不简单。不对呀？他继而寻思，尾巴被钉住了，一个步子也跨不出的这只壁虎，到底靠什么撑过了这十年？他暂时停止了装修工程，看看它到底吃了什么！他要一探究竟。过了不久，不知从哪里又钻出来一只壁虎，嘴里含着食物……啊！他一时愣住了，这是什么样的情形啊？为了被钉住尾巴而不能走动的壁虎，另一只壁虎竟然在十年的岁月里，一直不停地衔取食物喂它。他看了以后，很感动，想象不出两只壁虎之间的关系：亲子，朋友，爱人，手足……他走出房间辞退了装修工，轻轻锁上房门，把这间房屋留给这两个懂情的生灵。

**感悟**：永远也不要放弃你所爱的人！

10 朋友的巴掌

小马和小李、小张是好朋友。有一次他们三人一起去旅行，行经一处山谷时，小马失足滑落，幸而小张拼命地拉住他，将他救起。小马在附近的大石头上刻下了一句话："某年某月某日，小张救了我一命。"三人继续向前走，几天后来到一条小河边，小张跟小马为一件小事争吵起来，小张一气之下打了小马一个耳光。小马当时非常愤怒，跑到沙滩上写下：某年某月某日，小张打了我一耳光。当他们旅游回来后，小李好奇地问小马为什么要把小张救他的事刻在石头上，却将小张打他的事写在沙滩上，小马回答："小张救了我，我永远都感激他，至于他打我的事，我会随着沙滩上字迹的消失而忘记得一干二净。"

**感悟**：人生漫漫，与爱为伴。

11　爱是最宝贵的

早晨，一个妇人一开门就看到三个陌生的老者坐在她家门前，好像很饿的样子。妇人便请他们进屋吃东西。

"我们不会白吃东西，但也不能一同进屋吃。"其中一位老者说。

"那是为什么？"

一个老人指着同伴说："他叫财富，他叫成功，我是爱，你现在进去和家人商量商量，你请谁吃就会拥有谁，但只能请一位。看看你们需要我们哪一个。"

妇人回去和家人商量后决定把爱请进屋里。谁知，爱起身朝屋里走去后，另外两位也跟在后面。

妇人很惊讶，问财富和成功："您两位怎么也进来了？"

老人们一同回答："哪里有爱，哪里就有财富和成功。"

**感悟**：爱，是一生修来的财富和成功。

## 第三章

# 心态与命运（这是件好事）

心态决定行为，行为决定习惯，习惯决定性格，性格决定命运，命运决定人生。

## 1　蜘蛛给人的启示

一场暴风雨过后，蜘蛛辛辛苦苦织成的网被破坏得乱七八糟。没办法，蜘蛛只好再织一个。这回，它选择了一个看起来比较结实的墙角。

一根、一根又一根，蜘蛛不知疲倦地抽着丝，可是它刚刚结到一半，墙角上的树枝便随着雨后的风而摇曳起来，一下子就把这即将成形的网扫烂了。就这样，蜘蛛一遍遍地织，树枝一遍遍地扫，几个小时过去了，蜘蛛依然没能织好网。

这个过程，刚好被路过的三个人看到了。

第一个人笑了起来：这蜘蛛真傻，墙是死的你是活的，这里不行你不会换个地方，爬屋里去织啊！我以后做人做事可绝不会跟你似的这么傻。几年后，这个人成了一个很有名的富商，当别人问他赚钱的秘诀时，他只简单地说了一句话："哪里钱好挣就往哪里去，别跟蜘蛛似的死守在一个墙角就行了。"

第二个人则感觉震惊：天哪，小小的蜘蛛面对磨难时都能屡败屡战，我怎么能因为失去一次工作机会而如此消沉呢！想到这里，他决定坚强起来。结果后来他真的变成了一个很坚强的人。

第三个人叹了一口气：唉，我不就是这只蜘蛛嘛，虽然忙忙碌碌却没有什么收获。于是，他便日渐消沉下去。

**感悟**：横看成岭侧成峰，人生亦然。

生活对每个人都是公正的，但是当人们用不同的心态去看它时，总能得到各不相同的结论，并因此或成或败。

## 2  黑点与白点

新学期开始了，老师决定先给学生上一堂人生课。他走进教室，拿出一张白纸，在中间画了一个大大的黑点，然后问大家："同学们，告诉我，你们都看到了什么？"

全班同学盯着白纸看了一会儿，有点莫名其妙地齐声喊道："一个黑点啊，难道还有什么别的吗？"

老师装出吃惊的样子说道："天哪，这么大一张白纸你们没有看见，就只看见中间的这个黑点呀。好吧，既然你们看见了黑点，那就看下去，你们盯住这个黑点，三分钟之内别看别处，看看你们会发现什么。"

同学们一听，立刻饶有兴趣地盯住黑点，他们以为老师会这么说，其中必有什么奇妙之处。

"现在，告诉我，黑点发生了什么变化？"老师问道。

"黑点好像变大了。"同学们带着疑惑的神色答道。

"没错！"老师点点头肯定道，"看不到光明，只看到人生黑暗的人，他的一生都将会是非常不幸的。因为倘若把眼睛集中在黑点上，黑点就会越来越大，最后让他的整个世界全变成黑色的。"

同学们都听呆了，整个教室里鸦雀无声。

老师又拿出一张黑纸，在中间画了一个白点，然后问学生们看到了什么，大家现在开窍了，异口同声地答道："一个白点，如果看下去，它也会变大。"

"非常棒！"老师立刻不失时机地大声叫好道，"倘若能在黑暗中看到光明，那无限美好的未来就会等着你们，而且一旦把眼睛集中在这个白点上，你的世界早晚会全部光明起来。"

下面，同学们早已掌声一片。

**感悟**：人生的黑暗与光明，只不过关注的焦点不同。

### 3 鸡蛋与鸡屎

鸡生蛋，鸡也拉屎，但是你肯定只吃鸡蛋，不吃鸡屎，对鸡如此，对人亦然。每个出色的人都会生蛋，也会拉屎，例如他很会开公司，那你就买他家的股票来赚钱，至于他乱说话，你就不用学。你最要紧的就是多吃鸡蛋，少理鸡屎，汲取营养，壮大自己。很多人放着鸡蛋不吃，整天研究屎，难道靠吃屎能变强大？

**感悟**：只有汲取营养，才能壮大自己。

### 4 最有智慧的牧师

一个人因为一件小事和邻居争吵起来，争论得面红耳赤，谁也不肯让谁。最后，那人气呼呼地跑去找牧师，牧师是当地最有智慧、最公道的人。

"牧师，您来帮我们评评理吧！我那邻居简直是一堆狗屎！他竟然……"那个人怒气冲冲，一见到牧师就开始了他的抱怨和指责，正要大肆指责邻居的不对，就被牧师打断了。

牧师说："对不起，正巧我现在有事，麻烦你先回去，明天再说吧。"

第二天一大早，那人又愤愤不平地来了，不过，显然没有昨天那么生气了。

"今天，您一定要帮我评出个是非对错，那个人简直是……"他又开始数落起别人的劣行。

牧师不快不慢地说："你的怒气还是没有消除，等你心平气和后再说吧！正好我的事情还没有办好。"

一连好几天，那个人都没有来找牧师了。牧师在前往布道的路上遇到了那个人，他正在农田里忙碌着，他的心情显然平静了许多。

牧师问道："现在，你还需要我来评理吗？"说完，微笑地看着对方。

那个人羞愧地笑了笑，说："我已经心平气和了！现在想来也不是什么大事，不值得生气的。"

牧师仍然不快不慢地说："这就对了，我不急于和你说这件事情就是想给你时间消消气啊！记住：不要在气头上说话或行动，否则会惹出更多的麻烦，付出更大的代价。

**感悟**：深呼吸，你会在情绪平静时发现一个解决问题的新世界。


## 5  女王敲门

1848年，英国的维多利亚女王和她的表哥艾伯特公爵结了婚。他们虽然感情和谐，但也有不愉快的时候，原因就在于女王不够温柔。

有一天晚上，皇宫举行盛大宴会，女王忙于接见贵族王公，却把她的丈夫冷落在一边。艾伯特很是生气，就悄悄回到了卧室。

不久，屋外有人敲门，艾伯特很冷静地问："谁？"

敲门的人昂然答道："我是女王！"

门没有开，房间里没有一点动静。女王离开了，但她走了一半，又回过头，再去敲门。

艾伯特又问："谁？"

女王和气地说："维多利亚。"

可是门依然紧闭。维多利亚气极了，想不到以英国女王之尊，竟然还敲不开一扇门。她带着愤愤的心情走开了，可走了一半，想想还是要回去，于是又重新敲门。

艾伯特仍然冷静地问："谁？"

这一次，女王用温柔的语气说："我是你的妻子，艾伯特。"这时，门开了。

**感悟**：家，是用来认真爱的地方，不是用来摆姿态的地方。

### 6 秀才的梦

明天就是进京赶考的日子了，寒窗苦读了几年的秀才激动得辗转反侧，难以入眠，好不容易睡着了，却又接二连三地做起梦来。第一个梦，他梦到自己在高墙上种菜；第二个梦，他梦见自己在一个艳阳天里打着雨伞；第三个梦更怪，他梦到自己跟心爱的姑娘躺在一张床上，却是背靠着背。

第二天早晨醒来时，秀才怎么想也想不明白这三个梦是什么意思，于是便前去请教本村的一位算命先生。算命先生掐指一算，对秀才说："算了吧，你别去了，这次赶考你肯定不行。"秀才一听，急忙问为什么。算命先生解释道：第一个梦高墙上种菜，这不等于白费劲吗？第二个梦大晴天打伞，不是多此一举吗？第三个梦和心爱的女人躺在一起却背对背，不正是没戏吗？

秀才一听，果然有理，于是便满脸沮丧地回到了家。正巧同院的一位老秀才前来送他，秀才便一股脑儿地把自己的郁闷告诉他了。听清原委以后，老秀才哈哈大笑："这次赶考你一定要去，这可是三个大吉之梦啊！你看，高墙上种菜意为"高中"，晴天打伞正是"有备无患"，而第三个梦则暗喻"翻身可得"

秀才听了，觉得这番解释比算命先生说得更有道理，所以便精神振奋地参加了考试，结果他居然中了探花！

**感悟**：态度决定做事结果，成功一直青睐携积极心态的人。

### 7　乐观者和悲观者

这对兄弟虽然是双胞胎，并且长得极像，性格却迥然不同，甚至可以说是截然相反，因为他们一个是乐观主义者，一个是悲观主义者。

很小的时候，他们的父亲曾经试图改变他们兄弟的性格，他给了悲观的弟弟一大堆非常诱人的新玩具，然后把乐观的哥哥关进了满是马粪的马棚里。两个小时以后，父亲去看这俩兄弟，却发现弟弟守着一大堆玩具在哭，而哥哥却乐不可支地掏了满手马粪。

"你为什么要哭，而不玩这些玩具呢，波比？"父亲问弟弟。

"我玩的话它们会变旧，还可能会坏掉，况且这么多我不知道该从哪个玩起？"波比一边哭，一边说。

"那彼特，你为什么掏了一手马粪还这么高兴呢？"父亲又问哥哥。

"因为我试图从马粪里掏出一匹小马驹来呀，父亲爱我一定会在里面放有我喜欢的玩具。"彼特说完，又跑去掏他的马粪了。

父亲叹口气，从此再也不梦想改变什么了。

**感悟**：人生常觉不如意，醒来整理一下手边的玩具和心态吧。

## 8  这是件好事

有这样一个故事，很久以前有一位国王，他的百姓们都是安居乐业，国王也常常受到人们的称赞。国王有一个聪明绝顶的大臣，也十分信任这位学识渊博的大臣，这位大臣有一句口头禅，就是：这是件好事情！

一次，这位国王在花园里练剑，在擦拭宝剑时，不小心将自己的小手指给割断了。后来，国王就叫来他的大臣们来说说对他这次断指事件的看法。众大臣惊慌失措，噤若寒蝉，唯独这位学识渊博的大臣气定神闲，轻松自在地对国王说："这是件好事情！"

国王的伤口还没有痊愈，听到这样的回答，立刻火冒三丈，认为这位大臣正讥讽嘲笑他，于是大声喝道："我的手指都已经断了，你居然还幸灾乐祸地说这是件好事情！"于是立刻下令将其关进大牢。

这位国王酷爱狩猎，他的手伤好了之后，他又带着大臣们到森林里去狩猎。国王一路兴致勃勃地追鹿逐兔，不知不觉间居然进到了森林深处，误入了食人族的领地。

食人族看到国王和他的大臣一个个面色红润，体格健壮，认为是最好的祭品，就将他们全部关起来，准备用他们做祭祀的祭品。

准备开始祭祀的时候，检查祭品的巫师却发现这位国王少了一根手指，按食人族的规矩，他们将不完整的人用来做祭品是会触怒众人的。于是巫师告知族长，族长大怒，立刻命人将国王赶了出去，而跟随国王一同狩猎的几位大臣无一幸免地被食人族当成了祭品。

国王能死里逃生都是因为他的手指断了，他回到王宫后依然惊魂未定，他想起了当初手指割断之后那位大臣说的话，于是赶快叫人将在大牢里受了几个月冤狱之苦的大臣释放出来。国王感到十分抱歉，说道："我手指断了的时候，你说这是好事情，我现在才知道，这真的是件好事情，真不应该把你关进监牢里。"但这位大臣依然不以为然地说道："这是好事情！"国王奇怪："我把你关进监牢里也是好事情？"这位大臣点头笑着说："当然是好事情了，如果您没有将我关进监牢，我一定会随同您一起去狩猎，那么就会一起被食人族抓住，而我十分完整，那么就会像其他几位大臣一样被食人族当作祭品给杀掉。"

**感悟：**失去未必不幸，得到未必幸福。

### 9　狐狸的下场

狼和狐狸是好朋友，经常在一起捕食。一天，两位朋友又一起外出打猎，很不巧，它们遇上了饥饿的老虎。

怎么办？狡猾的狐狸眼珠子一转，想出了一个馊主意。它回头对狼说："狼大哥，我原来跟它打过几次交道，还算有点交情，让我去求一下情吧，也许它能放过我们。"

狐狸满脸堆笑地走到老虎眼前，压低声音道："老虎先生，假如我和狼两个联合起来对付你，很可能你不但吃不了我们，还会落得两败俱伤。所以，我看不如这样，咱们两个联合起来，我负责把狼引进一个陷阱里头，然后你吃掉狼，放掉我怎么样？"

老虎想了想，点点头道："好，那你就引狼吧，假如你敢耍花招，我就会立即把你给吃掉。"

就这样，在狐狸的引诱下，狼被困到了一个陷阱里面。但是这时候，躲在旁边的老虎却忽然窜出来把狐狸给捉住了。

狐狸大惊：“大王，我们不是说好了吗？再说，我对您可是忠心耿耿啊。”

老虎淡淡地答道：“在碰到我之前，你对狼不也是忠心耿耿吗？现在，狼已经不可能跑掉了，我倒不如先把你这个将来的背叛者给吃掉。”

**感悟**：以友为贵者，友者以为贵。

## 10　乞丐逻辑

相比于其他乞丐来说，这位老乞丐真是幸运极了—他住在一位非常仁慈的富翁旁边，那位富翁总是时不时地接济他，尤其是到过年时，富翁总会很慷慨地给他两个金币过年。

看看日子已经进了腊月，乞丐开始嘀咕：富翁为什么还不丢金币给他，要知道他还等着那笔钱过个好年呢。终于，按捺不住的乞丐敲开了富翁的大门，开门的正好是富翁本人。

“你怎么还不给我金币？往年这时候你早就给我了。现在已经到年底了，我还等着办年货呢！”乞丐嚷嚷道。

富翁皱了皱眉头：“哦，是这样，今年我的年景非常不好，海运生意赔了本，土地的收成也不好，而且我年初时娶了媳妇，现在又有了孩子，这一切可都需要钱哪。”

“那是你的事，你总不能因为你的不如意不让我过年了吧！”乞丐理直气壮地说道。

富翁有点厌烦了，他从兜里掏出一个金币来想打发乞丐走：“今年只能给你一半了。”

“天哪，你怎么可以拿我的钱来养你的老婆孩子！”乞丐生气地大喊道，“唉，算了算了，看在你往日对我还不错的份上，就先记在账上吧，你可要记着明年一并还给我！”

听到这句话，富翁很生气，他立刻把那个金币收了回去，并"咣当"一声把大门关上了。因为一分钱也没有，乞丐又冷又饿，差点儿冻死在大年夜里。

**感悟**：被麻痹的感恩之心，就是终将一无所有的贪婪之心。

### 11 有裂缝的水罐

夜深了，主人放在墙角的两只水罐开始对话。

完好无损的那只水罐嘲笑另一只道："你和我同时来到主人家，我到现在还完完整整的，你看你，都满身裂缝了。"

身上有裂缝的那只水罐反驳道："这也不能怨我啊，是小主人不小心摔了我一下，我才变成这样的。"

完整的水罐又道："不管怎么说，反正我比你强。你看，每次劳动时，我都能把水从远远的小溪边满满地运回主人的家里，而你呢？每次到家就只剩下半罐水了。"

有裂缝的水罐被说得哑口无言，委屈地哭了起来。刚刚入睡的主人听见哭声，急忙起身寻找声音来源。找来找去，发现竟然是自己挑水用的罐子。于是他俯下身去问："小水罐，你怎么哭了？"

小水罐回答说："我很惭愧，很难过。"

主人问："你为什么会感到惭愧和难过呢？"

"因为在过去的两年中，每当你用我挑水时，水就会从我的裂缝里渗出，到家时只剩下半罐了。你尽了你自己的全力，我却没能让你得到足够的回报。"水罐答道。

听到这里，主人哈哈大笑起来："小水罐，你怎么会这么想呢？你知不知道，在我的心中，你与它是一样的，甚至比它还讨我喜欢。"主人一边说，一边用手指了指旁边那个完整的水罐。

这下，小水罐惊讶地睁大了眼睛："什么？不可能吧？请问这是为什么？"

主人起身从桌上拿来一瓶鲜花，让小水罐闻了闻，然后问它道："香不香？"

"香！"小水罐愉快地回答。

"可是如果没有你，它们就不会这么香。"主人说。

"因为我？"小水罐糊涂了。

"是啊，难道你没有注意到吗？在咱们从小溪运水到家的小路两旁，长满了各色的鲜花。那些鲜花，正是由于你漏掉的水才得以生长、盛开的啊。这两年来，我一直从路边摘花来装饰我的家，这不全是你的功劳吗？"主人笑眯眯地说道。

小水罐听了这番话，心里一下子充满了喜悦。

从此之后，每逢主人挑水，小水罐都会细心地观察着路旁的鲜花青草，感觉无比的自豪——虽然我并不健全，可是我照样有用！

**感悟**：存在即合理，有时缺陷即优点。

## 12 皇帝的梦

皇帝做了个梦：山倒了，水干了，花谢了。

皇后说：不好了，山倒了是江山不保了，水干了是民心散了，花谢了是好景不长了。

皇帝听了一病不起。

有个大臣询问皇帝因何事病倒，当知道原因后对皇上说："太好了，山倒了是天下太平了，水干了是真龙现身了，花谢了是要结果实了。"

皇帝听完后病好了。

**感悟：**角度不同，风景不同，结果不同

### 13 没空发牢骚

小时候，我在乡下跟着奶奶长大。那时，奶奶开着一个小商店，店门前有一片小小的空地。由于村子地方小，人们没处去玩，奶奶的商店内外便成了大家闲时聚会聊家常的地方。

那段时间里，我记得有些人经常没完没了地对我奶奶发牢骚——"我那儿媳妇又给我甩脸子了，天哪，我这婆婆可真遭罪。""你说我辛辛苦苦种出来的棉花，自个儿还没收呢，小偷倒先上手了，真是气死我了。"……

我注意过奶奶的表情，每逢听到这些话，奶奶总是面无表情，或者就是面带微笑，哪怕别人说得再苦再难，她也顶多"嗯""哦"两声，要不就装没听见，为此，我一直认为奶奶是个不近人情的老人。

某天，我实在忍不住了，便问奶奶："奶奶，你为什么不跟他们似的发牢骚啊？"奶奶瞅了我一眼："发牢骚？我没空。"看我不理解的样子，奶奶终于给我解释了："世界这么大，每天都会有死去的人。人这一生这么短，开开心心地过还怕来不及，哪还有空去发什么牢骚啊。如果你对什么事都不满意，又改变不了它，那就换种态度看呗。"

原来，牢骚是可以不发的，聪明人就能做到！我终于明白了奶奶的"冷漠"。

**感悟：**何必为难快乐苦了自己，人生那么短，和牢骚说"拜拜"。

## 14　不要和消极的人在一起

一个人因为盲目决策，事业陷入危机，加上其他的一些原因，妻子也带着孩子离他而去，平日风光无限的他一下子变得一无所有，就觉得前途暗淡，走投无路，不想再活了，就买了瓶毒酒，一个人来到酒店。

点了菜，倒好酒和药，想美美地吃喝一顿再走，还没有喝呢，抬头看见一个朋友走了进来。看见他一个人在那坐着，朋友就径直走了过来，没等他说话，朋友先开口："真不够朋友，一个人跑这吃独食来"，一边说，一边端起桌子上的酒杯一饮而尽，巧的是他端的正好是那杯毒酒。

**感悟：** 积极的人是良药，消极的人是毒药。

## 15　人生的秘诀

三十年前，一个年轻人离开故乡，开始创造自己的前途。他动身的第一站，是去拜访本族的族长，请求他指点。老族长正在练字，他听说本族有位后辈开始踏上人生的旅途，就写了三个字：不要怕。然后抬起头来，望着年轻人说："孩子，人生的秘诀只有六个字，今天先告诉你三个，供你半生受用。"三十年后，这个年轻人已是人到中年，有了一些成就，也添了很多伤心事。归程漫漫，到了家乡，他又去拜访那位族长。他到了族长家里，才知道老人家几年前已经去世，家人取出一封密封的信对他说："这是族长生前留给你的，他说有一天你会再来。"还乡的游子这才想起来，三十年前他在这里听到人生的一半秘诀，拆开信封，里面是赫然三个大字"不后悔"。

**感悟**：人生前半生不要怕，后半生就不后悔

### 16　爷孙骑驴

爷孙俩牵着一头驴去赶集。他们没走多久就听有人在旁边小声议论："快看这两人，有驴居然不骑，宁可走，真是傻子。"爷爷和孙子互相看了一眼，觉得别人说得有道理，爷爷毫不犹豫地把孙子抱上驴，二人继续往前走。又走了一会儿，周围又有人说："这个孩子太不像话了，怎么能自己骑驴让爷爷走呢？真是……"听了这话，爷爷觉得太有道理了：我这么大年纪在下面走，活蹦乱跳的小孩竟然骑着驴，不像话。于是马上从驴背上把小孩拽下来，自己骑了上去。不一会儿又传来闲话："这老头儿，不知咋想的，怎么能把孩子扔在下面，自己骑驴……"老爷子听了羞得满脸通红，从驴背上下来，蹲在路旁，不知该如何是好……"干脆，我们两个扛着驴走，看你还说啥！"

**感悟**：走自己的路让别人说去吧，不是说自己洒脱而是让自己知道无法堵住别人的嘴。

### 17　不要让别人偷走你的梦想

有三个非常要好的朋友，他们都是探险家，一次他们商量一起出去旅游，三个人最后决定去航海。

他们在海上漂呀漂，有一天漂到一个荒岛，身上带的干粮也已吃完，只能靠采撷野果和打鱼充饥。突然他们看到海中有个东西向他们漂来，打捞上来一看是个瓶子。出于好奇，他们打开了瓶子，"嗖"的一下子冒出一缕浓烟，一个白胡子长者站在了他们面前，用手捋着有一米多长的胡子说道：

"我已经在这个瓶子里待了一千多年，今天有幸被你们三个救了出来，我可以帮助你们每人实现一个愿望，现在就可以说出来。"

　　第一个人说："我从小就想当将军，带兵打仗，请你给我千军万马。""好，我帮你实现，你现在可以走了。"说完，第一个人就不见了。

　　第二个人说："我想当皇帝，统领全国。说完，第二个人也不见了。

　　只剩下第三个人了，白胡子长者问他有什么愿望，他说："我们三个从小一起长大，是非常要好的朋友不能分开，我要和他们在一起。"

　　话音刚落，只听"嗖"的一声，那两个人又回来了，长者不见了。

　　**感悟**：不要和没有梦想的人在一起，他会连你的梦想也偷走。

天下华人是一家

## 第四章

# 舍得与付出（六尺巷）

当你握紧双手，里面什么也没有；当你打开双手，世界就在你手中。

1 为自己种一片油菜花

在一个贫穷而又偏远的小山村，那里的风景十分优美，就像一个世外桃源。后山的幽涧里有壮美的瀑布群，村庄前的河流里有荷花与芦苇，其中还有成群的野鸭和珍奇水鸟。村民们很想搞旅游开发，但是没有资金去宣传，去做广告。该怎么办呢？

有一天，村里的一个小姑娘出了一个主意：我们可以在通向我们村的路旁都种上油菜，当油菜开花时，路过的人即使走马观花也会走到村里来啊！许多人都摇头嘲笑女孩的主意，但经过女孩的解释后，他们都同意了。

于是，山道两旁的地都种上了油菜。到了阳春三月，那金黄金黄的油菜花像两条锦毯，从公路相接的地方一直盛开到了大山处，连村民们都自我陶醉在这美景中。

后来，这片油菜花果真吸引了很多路人，村里的美景大幅大幅地被刊登在城市的报刊上，引来了很多记者、画家、游人等。面对这种红火的景象，有记者问："你们既没有刊登旅游广告，也没有做旅游推广，怎么会吸引这么多人呢？"村民们回答："因为我们为别人开了一片自己的油菜花。"

**感悟：**一个人只有做多于你所应当做的，你才有资格获得多于应得的补偿和回报。

2 前世因果

从前，有个书生和未婚妻约好在某年某月某日结婚。到那一天，未婚妻却嫁给了别人。书生受此打击，一病不起。这时，路过一游方僧人，从怀里掏出一面镜子叫书生看。书生看到茫茫大海，一名遇害的女子一丝不挂地躺在海滩上。路过一人，看了一眼，摇摇头，走了。又路过一人，将衣服脱下，给女尸盖上，走了。再路过一人，挖了个坑，小心翼翼地把尸体掩埋了。

僧人解释道，那具海滩上的女尸，就是你未婚妻的前世。你是第二个路过的人，曾经给过她一件衣服。她今生和你相恋，只为还你一个情。但是她最终一生一世要报答的人是那个最后把她掩埋的人，那个人就是他现在的丈夫。书生大悟。

**感悟：**善因不会结恶果，恶因不会得善报。一切皆是因果。

### 3　沙漠汲水

一个旅行者在荒无人烟的沙漠迷了路，身上携带的食物与饮料已经耗尽，在饥渴不已的情形下，突然间发现有一口装有手动压杆的水井。他欣喜若狂，冲上去用力摇动压杆，可是仍然没有水流出来。旅行者绝望地四下打量，发现水井旁有一只盛满清水的罐子，他赶忙拿起水罐，正欲狂饮时，看到水罐旁还有一行字："把这些水从注水口倒进去，再摇动压杆，就可汲出井水。"相不相信这行字呢？这可是唯一一罐能让他活下去的清水。思虑再三，他终于打定主意，把那罐水倒进井里，果然汲出了井水。旅行者装满了自己的水壶，不忘将原来的水罐加满清水。同时在原来的那行字旁加了几个字："请务必相信这些字的引导。"

**感悟：**不舍出你的一碗清水，就难得到人生的一条长河。

### 4　六尺巷

清朝康熙年间，文华殿大学士、礼部尚书张英世居桐城，其府第与吴宅为邻，中有一属张家隙地，向来作过往通道。后吴氏建房子想越界占用，张家不服，双方发生纠纷，告到县衙，因两家都是显贵望族，县官左右为难，迟迟不能判决。张英家人见有理难争，遂驰书京都，向张英告之此事。张英阅罢，认为事情简单，便提笔蘸墨，在家书上批诗四句："一纸书来只为墙，让他三尺又何妨。长城万里今犹在，不见当年秦始皇。"张家得诗，深感愧疚，毫不迟疑地让出三尺地基。吴家见状，觉得张家有权有势，却不仗势欺人，深受感动，也效仿张家向后退让三尺。于是便形成了一条六尺宽的巷道，名谓"六尺巷"。

**感悟：** 我家两堵墙，前后百米长，德义两边走，礼让站两旁。

## 5 塞翁失马

古时有一老翁，住在两国的边境，不小心丢了一匹马，邻居们都认为是件坏事，都替他惋惜，老翁却说："你们怎么知道这不是件好事呢？"众人听了之后大笑，认为老翁丢马后疯了。几天以后，老翁丢的马自己跑了回来，而且还带回来一匹马。邻居们看了，都十分羡慕，纷纷前来祝贺这件从天而降的大好事。老翁却板着脸说："你们怎么知道这不是件坏事呢？"大伙听了，哈哈大笑，都认为老翁是被好事乐疯了，连好事坏事都分不出来。果然不出所料，过了几天，老翁的儿子骑马玩，一不小心把腿摔断了。众人都劝老翁不要太难过，老翁却说："你们怎么知道这不是件好事呢？"邻居们都糊涂了，不知老翁是什么意思。事过不久，发生战争，所有身体好的年轻人都被抓去当了兵，派到最危险的前线去打仗。而老翁的儿子因为腿摔断了未被征用，他们家在大后方安全幸福地生活。

**感悟：** 塞翁失马，焉知非福。

### 6　扔掉的鞋

在行驶的火车上，一个老人不小心把刚买的新鞋从窗口扔掉了一只，周围的人倍感惋惜，不料老人立即把第二只鞋也从窗口扔了下去。这个举动让人大吃一惊。老人解释说："这一只鞋无论多么昂贵，对我而言已经没有用了，如果有谁能捡到一双鞋子，说不定他还能穿呢！"

**感悟**：注定无法挽回的痛苦，不如早点放弃。

### 7　天堂与地狱

约翰为了聪明地选择死后的归宿，他分别参观了天堂和地狱。他首先来到了地狱，看到所有的人都坐在餐桌旁，桌上摆满了各种美味。奇怪的是，他们全都面黄肌瘦，一个个无精打采。约翰仔细一瞧才发现，原来餐桌上的人左臂都捆着一把叉，右臂捆着一把刀，刀和叉的手把长达四尺，掌握刀叉的人根本吃不到桌上的东西，因此他们只能眼睁睁看着食物挨饿。约翰又来到了天堂，发现所有的用餐设备和方式跟地狱都一模一样。但这儿的人却面色红润，而且到处都充满了欢声笑语。约翰感到非常奇怪，他们为什么不怕饥饿？约翰很快地看出了答案，原来天堂的人从不把手上的食物喂给自己，而是愉快地递给他人吃，这样，谁都可以吃上美味佳肴；而地狱的人只想喂自己，所以只能挨饿。

**感悟**：一念天堂曰之换位思考，一念地狱谓之思己温饱。

## 8 回音

有一个孩子跑到山上，无意间对着山谷喊了一声："喂……"声音刚落，从四面八方传来了阵阵"喂……"的回声。大山答应了。孩子很惊讶，又喊了一声："你是谁？"大山也回音："你是谁？"孩子喊："为什么不告诉我？"大山也说："为什么不告诉我？"孩子忍不住生气了，喊道："我恨你。"他哪里知道这一喊不得了，整个世界传来的声音都是："我恨你，我恨你……"孩子哭着跑回家，告诉了妈妈，妈妈对孩子说："孩子，你回去对着大山喊'我爱你'，试试看结果会怎样，好吗？"孩子又跑到山上。果然这次孩子被包围在"我——爱——你，我——爱——你……"的回声中。孩子笑了，群山笑了。孩子不解地、迷惑地摇摇头。

**感悟**：人生是一面最好的镜子，你得到的一切都是你对这个世界付出的结果。

## 9 农夫的收获

有人问农夫："种麦子了吗？"农夫："没，我担心天不下雨。"那人又问："那你种棉花了吗？"农夫："没，我担心虫子吃了棉花。"那人再问："那你种了什么？"农夫："我什么也没种，我要确保安全。"

**感悟**：不愿付出，不冒风险，不成大事。

## 10　懒马效应

两匹马各拉一车货。一匹马走得快，一匹马慢吞吞。于是主人就把后面的货全搬到前面的那匹马上，后面的马笑了："切，越努力越遭折磨！"谁知主人后来想：既然一匹马就能拉车，干吗养两匹马？最后懒马被宰掉吃了。这就是经济学中的懒马效应。

**感悟：**让人觉得你可有可无时，离被踢开的日子就不远了。

## 第五章

# 倍增与坚持（寻找金表）

想看日也，必须守住黑夜，等到拂晓。

1 学会做个挖井人

有两个和尚他们分别住在相邻的两座山上的庙里。这两座山之间有一条溪，于是这两个和尚每天都会在同一时间下山去溪边挑水，久而久之他们变成了好朋友。就这样，在每天挑水中不知不觉已经过了五年。有一天，左边这座山的和尚没有下山挑水，右边那座山的和尚心想："他大概睡过头了。"便不以为意。哪知道第二天左边这座山的和尚还是没有下山挑水，第三天也一样。

过了一个星期还是一样，直到过了一个月，右边那座山的和尚终于受不了了，他心想："我的朋友可能生病了，我要过去拜访他，看看能帮上什么忙。"于是他便爬上了左边这座山，去探望他的老朋友。等他到了左边这座山的庙里，看到他的老友之后大吃一惊，因为他的老友正在庙前打太极拳，一点也不像一个月没喝水的人。他很好奇地问："你已经一个月没有下山挑水了，难道你可以不用喝水吗？"左边这座山的和尚说："来来来，我带你去看。"

于是他带着右边那座山的和尚走到庙的后院，指着一口井说："这五年来，我每天做完功课后都会抽空挖这口井，即使有时很忙，能挖多少就算多少。如今终于让我挖出井水，我就不用再下山挑水，我可以有更多时间练我喜欢的太极拳。"

**感悟**：零碎布料织彩衣，八小时以外创未来。

2 丘吉尔演讲

那是在 1948 年，英国牛津大学举办一个题为"成功秘诀"的讲座，特意请来了大名鼎鼎的丘吉尔为大学生们演讲。牛津大学的大学生们听说丘吉尔要来大学演讲，就都报了名，准备到那天来聆听这位名人的演讲，发自内心地想听听丘吉尔这位伟人对"成功秘诀"的真知灼见。

丘吉尔演讲那天，大厅里已经是人山人海，大学生们都提前来到了会场，世界各大媒体的许多记者也早早赶到了会场，准备采写一篇篇关于丘吉尔演讲的报道。在大家的翘首期盼之中，丘吉尔这位威震欧洲、身材魁梧的首相，准时来到了演讲会场，迈着军人的步伐走上了演讲台。

随着丘吉尔登上演讲台，看到他那魁伟的形象，台下响起了热烈的掌声，丘吉尔见之挥了挥手，用手势制止了大家的掌声说："我的成功秘诀有三个：第一是，决不放弃；第二是，决不、决不放弃；第三是，决不、决不、决不能放弃！"演讲完后，丘吉尔就走下了讲台！

丘吉尔的这次演讲，在国外被称为著名的"一分钟演讲"，也是众多外国政治家中最成功、最有影响力的一次演讲，虽然时间短暂，但在世界演讲史上却堪称"经典之作"！

丘吉尔的一分钟演讲完成了，在会场沉寂了片刻之后，台下突然爆发出了热烈的掌声！

**感悟：**种下耐心之树，才能结黄金之果。


## 3　成功之门

有个年轻人非常渴望成功，但苦于找不到方法和途径，经多方努力，终于有人给他推荐了一位智者，说这位智者能帮他找到成功之门。

智者被年轻人的诚心所打动，就告诉了他成功之门的地址，只要按照这个地址敲开成功之门，就等于拿到了成功的金钥匙。

于是年轻人回去精心打扮了一番，第二天就按智者给的地址，找到了成功之门，"叮咚"，门开了，"你找谁？""我找成功。"年轻人回答。"对不起，我们这没有成功，你走吧。""啪"，门关上了。

回去后，年轻人不甘心，照着地址又去了，同样又一次吃了闭门羹。

成功者永不放弃，放弃者永不成功。第三天，这位年轻人又按地址找到了这里，"叮咚"，门开了，没等年轻人开口，屋里的人就说："不是告诉你这里没有成功吗？不要再来了。"说完门"啪"的一下关上了。

就在这时，只见旁边的一扇门开了，"年轻人，你找谁？""我找成功。""请进吧，成功在这里。"

**感悟：**不断敲失败之门，成功之门才会为你打开。

4 拿不起的彩礼

小伙子和同村的姑娘展开了一场马拉松恋，整整谈了八年没有结婚。这一天，小伙子终于鼓起了勇气，郑重地向姑娘求婚，姑娘看在小伙子八年的执着追求的份上，就答应了嫁给他。

小伙子兴高采烈，暗自庆幸八年追求终于有了结果。高兴之余，又在担心父亲辛辛苦苦为自己准备的十万元婚礼钱不知够不够用，就问姑娘结婚需要多少彩礼，姑娘爽快地说不要十万元。小伙子着急地问："那你到底是要多少？"姑娘就说："你第一天给我一分钱，第二天给我二分钱，第三天给我四分钱，就这样倍增下去，给够一个月，我就嫁给你。"要不是听姑娘亲口所说，小伙子不敢相信自己的耳朵。

父亲见儿子手舞足蹈地从外面回来，就知道有好事了，就问儿子："姑娘说要多少彩礼了吗？咱家可只有这区区的十万元呀。"儿子就说不要那么多，于是就把姑娘的要求给父亲说了一遍。

姜还是老的辣，父亲听后仔细琢磨，觉得不对劲，就把儿子叫过来一算，两个人都瞪大了眼睛，一个不敢相信的数字出现在他们面前，他们高兴得有点早了，一场美梦最终还是破灭了。

**感悟**：不算不知道，一算吓一跳，你给自己的人生算过账吗？

## 5  大臣的要求

有个故事说的是一个国王要感谢一个大臣，就让他提一个条件。大臣说："我的要求不高，只要在棋盘的第一个格子里装 1 粒米，第二个格子里装 2 粒，第三个格子里装 4 粒，第四个格子里装 8 粒，以此类推，直到把 64 个格子装完。"

国王一听，暗暗发笑，要求太低了，照此搬运。不久，棋盘就装不下了，改用麻袋，麻袋也不行了，改用小车，小车也不行了，粮仓很快告罄。数米的人累昏无数，那格子却像个无底洞，怎么也填不满……

国王终于发现，他上当了，因为这样下去他会变成没有一粒米的穷者。

**感悟**：基数即使小，几何倍增起来也会爆炸。

## 6  寻找金表

一个农场主巡视谷仓时不小心遗失了腕上名贵的金表，他找遍整个谷仓也没有找到，便贴出了一张告示：如果谁能帮我找到金表，我就给谁 100 美元作为酬劳。

面对重赏，人们纷纷四处翻找，但谷仓内谷粒成山，还有一堆堆的稻草，想要在其中寻找一块小小的金表，简直就像大海捞针。

等到太阳快下山时，人们还没有找到金表，于是他们开始抱怨，或者埋怨金表太小了，或者埋怨谷仓太大、里面杂物太多了。终于，大家一个接一个地放弃了那 100 美元的重赏，沮丧地回家了。最后，谷仓内只剩下一个穷人家的小男孩，由于太穷，他已经整整一天没有吃上饭了。现在，他很希望能把表找到，以解决一家人的吃饭问题。

天越来越黑，小男孩依然在谷仓里摸来摸去。夜晚来临了，喧嚣的谷仓渐渐静了下来。突然，他听到了金表发出的轻轻的"嘀嗒、嘀嗒"声。喜出望外的小男孩努力屏住呼吸，顺着这种声音摸了下去。终于，他找到了那块金表，获得了 100 美元的重赏。

小男孩并没有大人的智慧和力气，但却做到了大人做不到的事。只因为，他比大人们多坚持了一会儿。

**感悟：**坚持有时候不代表胜利，但他会为你提供另一个胜利的方法。


### 7 必胜的丘吉尔

据说第二次世界大战以前，丘吉尔曾经和德国的大独裁者希特勒有次会晤。在某个闲暇的下午，两人在花园中边走边谈。他们来到一个水池边，为了缓和所谈话题的严肃气氛，也为了暗示自己必胜的心态，丘吉尔提议两个人打个赌，看谁能不用钓具将水池中的鱼提出来。

希特勒心想："这还不容易！谁不知道死鱼会漂到水面上来，我先把鱼打死，等鱼漂上来我伸手一抓就是！"想到这里，他马上拔出手枪，朝池中的鱼射了几枪，但因为子弹一到水里就会失去威力，所以接连七八枪后，水面上还是没有一条死鱼的影子。希特勒只好无奈地说："我放弃了，看你的吧！"

只见丘吉尔不慌不忙地从口袋里掏出一把小汤匙，把鱼池中的水一匙一匙地舀到沟里。

希特勒大喊："这要等到什么时候啊？"

丘吉尔笑嘻嘻地回答说："这方法虽然慢了一点，但最后的胜利必然是属于我的。"

**感悟：**成功没有捷径，有时候笨方法也是解决问题的有效途径，何妨一试呢。

## 第六章

# 品德与心境（除去杂草的最好办法）

小成靠勤，中成靠智，大成靠德，全成靠道。

### 1 长颈鹿与小白兔

长颈鹿对小白兔说："小兔子，真希望你能知道有一个长脖子是多么的好。无论什么好吃的东西，吃的时候都会慢慢地通过我的长脖子，那美味可以长时间地享受。"小白兔毫无表情地看着他。"并且，在夏天，小兔子，那凉水慢慢地流过我的长脖子，是那么的可口。有个长脖子真是太好了！小兔子，你能想象吗？"小白兔慢悠悠地说："你吐过吗？"

**感悟**：事皆两面，显示自己的优点时，注意一下别人的态度。

### 2 山谷里的百合花

在一个偏僻遥远的山谷里，有一个高达数千尺的断崖。不知道什么时候，断崖边上长出了一株小小的百合。

百合刚刚生长的时候，长得和杂草一模一样。但是，它心里知道自己不是一株野草。它的内心深处，有一个内在的、纯洁的念头："我是一株百合，不是一株野草。唯一能证明我是百合的方法，就是开出美丽的花朵。"

有了这个念头，百合努力地吸收水分和阳光，深深地扎根，直直地挺着胸膛。终于在一个春天的清晨，百合的顶部结出了第一个花苞。

百合的心里很高兴，附近的杂草却很不屑，它们在私底下嘲笑着百合："这家伙明明是一株草，偏偏说自己是一株花，还真以为自己是一株花，我看它顶上结的不是花苞,而是头脑长瘤了。"

公开场合，它们则讥讽百合："你不要做梦了，即使你真的会开花，在这荒郊野外，你的价值还不是跟我们一样。"

偶尔也有飞过的蜂蝶鸟雀，它们也会劝百合不用那么努力开花："在这断崖边上，纵然开出世界上最美的花，也不会有人来欣赏呀！"

百合说："我要开花，是因为我知道自己有美丽的花；我要开花，是为了完成作为一株花的庄严使命；我要开花，是由于自己喜欢以花来证明自己的存在。不管有没有人欣赏，不管你们怎么看我，我都要开花！"

在野草和蜂蝶的鄙夷下，野百合努力地释放内心的能量。有一天，它终于开花了，它那灵性的洁白和秀挺的风姿，成为断崖上最美丽的颜色。这时候，野草与蜂蝶再也不敢嘲笑它了。

百合花一朵一朵地盛开着，花朵上每天都有晶莹的水珠，野草们以为那是昨夜的露水，只有百合自己知道，那是极深沉的欢喜所结的泪滴。

几十年后，远在百里外的人，从城市，从乡村，千里迢迢赶来欣赏百合开花。许多孩童跪下来，闻嗅百合花的芬芳；许多情侣互相拥抱，许下了"百年好合"的誓言；无数的人看到这从未见过的美，感动得落泪，触动内心那纯净温柔的一角。

那里，被人称为"百合谷地"。不管别人怎么欣赏，满山的百合花都谨记着第一株百合的留言："我们要全心全意默默地开花，以花来证明自己的存在。"

**感悟**：苦难为桨、信念作舟，成功就在彼岸。


3 钉子的故事


有一个男孩有着很坏的脾气，于是他的父亲就给他一袋钉子，并且告诉他，每次他发脾气的时候就钉一根钉子在后院的篱笆上。

有一天，这个男孩子钉下了37根钉子。慢慢地，每天钉下的钉子数量减少了，他发现控制自己的脾气要比钉下那些钉子来得更容易一些。终于有一天，这个男孩子再也不会失去耐性乱发脾气了，他告诉父亲这件事。父亲告诉他，现在开始每当他能控制自己脾气的时候，就拔出来一根钉子。

时间一天天地过去了，最后男孩告诉父亲，他终于把所有的钉子都拔出来了。父亲握着他的手来到后院说："你做得很好，我的好孩子，但是你看看那些篱笆上的洞，这些篱笆将永远恢复不成从前的样子了。你生气的时候说的话就像这些钉子一样留下伤疤。如果你拿刀子捅了别人一刀，不管你说了多少次对不起，那个伤口将永远存在。话语的伤痛就像真实的伤痛一样令人无法承受。"男孩通过钉钉子和拔钉子，学会了重要的人生之课，学会宽厚容人。

**感悟：**拔出钉子，篱笆还能愈合，人心受到的伤害将无法弥补。

4  苏东坡与禅师

苏东坡有事没事总喜欢去寺院里找禅师斗嘴。一回，他又来到寺院，恰巧碰见禅师趴在地上伸手去捡一件落在书桌下面的东西，苏东坡站在禅师后面哈哈大笑。禅师问他笑什么，苏东坡说："你看我像什么？""佛！"禅师答道。

苏东坡扬扬得意地说："我看你趴在地上怎么就像条狗呢！"禅师心平气和地回答："因为你像佛，所以我像狗。"禅师这么一说，苏东坡笑得前俯后仰。

回到家里，苏东坡喜滋滋地告诉苏小妹，这回捡了个便宜，戏弄了禅师一番。孰料苏小妹满脸不屑："你哪赢了，你输了！"

苏东坡问其原因，苏小妹说："禅师心中有佛，所以怎么看你都像佛，你心中无佛，内心不干净，说出来的话自然也是肮脏的。"

**感悟：**言行映内心，你欺骗不了自己。

5  心田的花园

有这样一个传说：贝尔太太是美国的一位贵妇人，她在亚特兰大城外修了一个花园。花园又大又美，吸引了许多游客，他们毫不顾忌地跑到贝尔太太的花园里游玩。

年轻人在绿草如茵的草坪上跳起了欢快的舞蹈；小孩子扎进花丛中捕捉蝴蝶；老人蹲在池塘边垂钓；有人甚至在花园中支起了帐篷，打算在此度过浪漫的盛夏之夜。贝尔太太站在窗前，看着这群快乐得忘乎所以的人，看着他们在属于她的园子里尽情地唱歌、跳舞、欢笑。她越看越生气，就叫仆人在园门外挂了一块牌子，上面写着：私人花园，未经允许，请勿入内。可是这一点儿也不管用，那些人还是成群结队地走进花园游玩。贝尔太太只好让她的仆人前去阻拦，结果发生了争执，有人竟拆走了花园的篱笆墙。

后来贝尔太太想出了一个自认为绝妙的主意，她让仆人把园门外的那块牌子取下来，换上了一块新牌子，上面写着：欢迎你们来此游玩，为了安全起见，本园的主人特别提醒大家，花园的草丛中有一种毒蛇。如果哪位不慎被蛇咬伤，请在半小时内采取紧急救治措施，否则性命难保。最后告诉大家，离此地最近的一家医院在威尔镇，驱车大约 50 分钟即到。

当那些贪玩的游客看到这块牌子后，真的对这个美丽的花园望而却步了。几年后，有人再去贝尔太太的花园，却发现园子因为太大，走动的人太少而真的变得杂草丛生，毒蛇横行，几乎荒芜了。孤独、寂寞的贝尔太太守着她的大花园，据说她非常怀念那些曾经来她的园子里游玩的人。

**感悟**：种下的快乐，招来蜜蜂和蝴蝶再去撵，图什么？

## 6　父亲的包子

在温饱尚需解决的日子里，有一天父亲有幸吃到一顿香喷喷的肉包子，更有幸的是还剩一个可以带回家。走到半路时，父亲又犯愁了，一个包子，三个儿子怎么分呀，给谁吃呢？父亲灵机一动，想出来一个办法，就说这个包子是从垃圾箱里捡来的，看三个儿子谁吃。

到家后，父亲就把三个儿子叫过来，说明了这个包子的来历，大儿子看看父亲，心想：神经病，从垃圾箱里捡回来的能吃吗？就走了。二儿子看看父亲，看看包子，能吃不能吃，不能吃能吃，就在他犹豫不决的时候，三儿子抓起包子就填嘴里了。"爹，你捡的包子太好吃了，以后有你就捡回来，他们不吃我还吃。"

**感悟**：相信比怀疑永远多一分风险，也多一次机会。

## 7　聪明的驴

很久以前，一天有位秀才下乡，来到了一户农家，他看见一头驴在磨道里拉磨，而且脖子里还系了一个铃铛。驴拉着磨，脖子里的铃铛同时响着。他想不明白，就走到院子里问正在抽烟的老大爷："老大爷我想问问你，那驴脖子上系个铃铛干什么"？

"那是监督驴干活用的，那驴一走铃铛就哐当哐当响，证明它在干活，一停就不响了，我就过去揍它。"老大爷抽口烟看着秀才说。

秀才想了一会儿又问老大爷："那它要是站着不动只摇头不拉磨怎么办？"

这一句还真把老大爷给问住了，只见老大爷猛抽了几口烟，沉思了一会儿抬头看着秀才："你说的也是，不过我活了八十多年，还没有见过像你这么聪明的驴！"

**感悟**：有钢用到刀刃上，有粉擦到脸蛋上。

## 8　仇恨袋

古希腊时，有一位大英雄叫海格里斯，他虽然力大无穷，乐于帮助他人，可是却心胸狭窄，喜欢计较。

这天，由于跟邻居吵架没能占到便宜，海格里斯带着满肚子气上路了，他一边往前走一边嘟囔："再敢跟我吵，我就揍你！"正说着，他忽然发现自己脚下多了一个小气球，他走一步，小气球就跟他一步。他想都没想，上去就踹了气球一脚："我已经够生气了，你还来捣乱！"没想到小气球不但未被踩爆，反而增大了许多。

海格里斯更生气了，他捡起一根棍子冲气球打去。但出乎意料的是，他每打一下，气球便长大一点，最后竟然长成了一个半间房子大的袋子，把海格里斯的路全挡上了！

"连你也跟我过不去！"海格里斯又气呼呼地举起了棍子。

这时，一位圣人出现了，"不要再打那个袋子了。"他喊道，"它的名字叫仇恨袋，你越是带着仇恨、怨气去侵犯它，它就越大，直至把你前进的路全挡上。你只有带着宽容、平和的心去抚摸它，它才会越来越小，直至消失，让你的路宽广无比。"

哦，原来仇恨会阻碍一个人前进，而宽容却能让他的路越来越宽。

**感悟：**成长路坎，温善为铲

## 9 心如大海

印度有一位智者，学识渊博，德高望重，他有一个小徒弟，天资聪颖，但却总是怨天尤人。这一天，徒弟又开始抱怨，智者对他说："去取一些盐来。"徒弟不知师傅何意，疑惑不解地跑到厨房去取了一罐盐。师傅让徒弟把盐倒进一碗水中，命他喝下去，徒弟不情愿地喝了一口，苦涩难耐，师傅问："味道如何？"徒弟皱了皱眉头，说："又苦又涩。"师傅笑了笑，让徒弟又拿了一罐盐和自己一起前往湖边。师傅让徒弟把盐撒进湖里，然后对徒弟说："掬一捧湖水喝吧。"徒弟喝了口湖水，师傅问："味道如何？"徒弟说："清爽无比。"师傅又问："尝到苦涩之味了吗？"徒弟摇摇头。师傅语重心长地说："人生中的许多事情如同这罐盐，放入一碗水中，你尝到的是苦涩的滋味，放入一湖水中，你尝到的却是满口甘爽。让自己的心变成一湖水，自然尝不到人生的苦涩。"

**感悟：**做人处事，心如大海，便可达到出世的境界。

## 10 除去杂草的最好办法

一群即将出师的弟子正坐在草地上等老师出考题，只见老师挥手指了指四周说："我们的周围是一片杂草丛生的旷野，我想问大家的是：要除去这些杂草，用什么办法最好？"弟子们一听考题如此简单，立刻眉开眼笑地各抒己见了：

"只要有恒心，用一把铲子就足够了。"一个学生说。老师点点头，没有说话。

"我觉得用火烧最好了，又快又干净。"又一个学生接着回答道。老师还是点点头，不说话。

"你们那些办法都不足以保证草完全被除掉，俗话说'斩草除根'，挖掉草根才是最好的办法。

……

等弟子们静下来，一直没说话的老师开口了："你们都回去按自己的方法试试，明年的今天我们再在这里讨论这个问题。"

一年后，弟子们都如约来到了这片庄稼地边——没错，原来的那片草地已经再无一棵杂草，取而代之的是满眼的庄稼。他们一边谈笑一边等着老师，可是不知为何，等了好久都不见老师。正在纳闷间，忽听大师兄指着那片庄稼道："我明白了，大家不必再等下去了，因为老师已经以这种方式告诉了我们答案一要想除掉旷野里的杂草，最好的办法就是在上面种上庄稼。同样，要想让心灵不被世间的'杂草'所打扰，就必须在心中种满美德。

**感悟：**播下有用的种子多了，杂草自然消无，不然，即使你用尽所有力气去拔野草，也无法阻止野草的生命力。


11　苏东坡的禅定

佛印禅师在江苏镇江金山禅寺讲禅时，苏东坡也住在扬州。当时的苏东坡尚未信佛，但是他非常仰慕佛印禅师，经常乘船过江到金山禅寺拜访佛印禅师。一天，苏东坡到金山禅寺，走进天王殿，看见正中端坐的弥勒菩萨总是看着他微笑，苏东坡心生无限的欢喜，顿时诗兴大发，随口吟道："稽首天中天，毫光照大千。八风吹不动，端坐紫金莲。苏东坡认为这首诗很好，于是他回家写好后派书童送给佛印禅师看。佛印禅师看后提笔在上面写了"放屁"两个字,让书童带回交给苏东坡。苏东坡看到佛印禅师批的"放屁"两个字,很不高兴,马上乘船渡江找禅师辩论。禅师看到苏东坡气冲冲的样子,微笑着说:

"你不是八风吹不动吗?怎么一个屁就被打过江来呢?"

**感悟**:修为胜于修养,说到不如做到。

12 禅师与姑娘

著名的白隐禅师,德高望重,素来受到寺院附近居民的称赞,大家都说他是位纯洁的圣者。

有一对夫妇,在他的寺院附近开了一家食品店。这对夫妇有一个漂亮的女儿。有一天,夫妇俩发现女儿的肚子突然大了起来。

这件事让夫妇俩十分恼怒,他们向女儿追问来由。女儿起初死活不肯说出那人是谁,经不住父母的一再逼迫,她终于说出了白隐禅师的名字。

她的父母怒不可遏,立刻去找白隐禅师理论,不停地辱骂白隐禅师:

"呸,亏你还是个高僧,名声在外,竟然人面兽心,做出这样有污佛门的事情来!"

禅师静静地听着,自始至终没有做任何解释,到最后,只淡淡地说了一句话:"哦,就是这样子的吗?"

女儿把孩子生下来后,夫妇俩把孩子送给了白隐。

这时的白隐禅师,名誉扫地,每个人都对他嗤之以鼻。但他并不介意,非常细心地照顾孩子。为了养活孩子,他到处乞讨,为婴儿讨取所需的奶水和生活用品。

白隐禅师在众人的唾骂声中,默默地抚养着孩子。

一年之后，这位没有结婚的妈妈，再也忍受不了内心的折磨，终于向父母吐露了真情。原来，这孩子的亲生父亲是一名青年。自己说白隐禅师是孩子的父亲，是给他栽上了一项莫须有的罪名。

女孩的父母立即将她带到白隐那里，向禅师连连道歉，请求禅师的原谅，并将孩子带了回去。

白隐禅师含笑，无语，只是在交回孩子的时候，轻声地说了那句同样的话："哦，就是这样子的吗？"

白隐禅师的慈祥宽容，使女子全家深感惭愧。从此，他们更加敬重大师的人品和修行了。

事后，有人问白隐禅师被诬蔑冤枉，名声扫地，却始终不辩解，是为什么呢？

白隐禅师说："出家人视功名利禄为身外之物，被人误解于我毫无关系；能解少女之困，能拯救一个小生命，这是我的本分。"

**感悟：**不知我者，谓我心忧，心境的修行往往需要背着沉重的负担。


## 13 背女子过河

老和尚带小和尚外出办事，途中遇到一条河。师徒两人挽起裤腿正欲过河时，背后传来了喊声。

"师父，我也想过河，可是又不敢下水，您能帮帮我吗？"是位女子的声音。

师徒俩回头一看，是位年轻貌美的年轻姑娘。小和尚瞅着师父，心想与女人接触可是犯戒的，但不帮她又违背了"善"的教规，现在该怎么办呢。没想到老和尚二话没说便背上了那位姑娘，镆过了河之后，放下她便继续前行了。

小和尚一路跟在老和尚后面，心里不住地犯嘀咕：师父今天是怎么了？竟然不顾戒律背一女子过河。想来想去，他终于忍不住说了一句："师父，你刚才犯戒了。"

"我怎么犯戒了？"老和尚不解地回头问道。

"你犯了色戒，我们身为佛门中人是不可以背女人过河的。"小和尚得意地说。

老和尚叹道："我早已经把她放下，你怎么到现在还放不下她！"

一句话说得小和尚目瞪口呆。

**感悟**：看见的是表象，看不见的是内心。放下自己才能释怀别人。


### 14 动物的友谊

傍晚，一只羊独自在山坡上玩。突然从树木中窜出一只狼来，要吃羊，羊跳起来，拼命用角抵抗，并大声向朋友们求救。

牛在树丛中向这个地方望了一眼，发现是狼，跑走了。

马低头一看，发现是狼，一溜烟跑了。

驴停下脚步，发现是狼，悄悄溜下山坡。

猪经过这里，发现是狼，冲下山坡。

兔子一听，更是箭一般离去。

山下的狗听见羊的呼喊，急忙奔上坡来，从草丛中闪出，一下咬住了狼的脖子，狼疼得直叫唤，趁狗换气时，仓皇逃走了。

回到家，朋友都来了。

牛说："你怎么不告诉我？我的角可以剜出狼的肠子。"

马说："你怎么不告诉我？我的蹄子能踢碎狼的脑袋。"

驴说："你怎么不告诉我？我一声吼叫，吓破狼的胆。"

猪说："你怎么不告诉我？我用嘴一拱，就让它摔下山去。"

兔子说："你怎么不告诉我？我跑得快，可以传信呀。"

在这闹嚷嚷的一群中，唯独没有狗。

**感悟**：真正的友谊，不是锦上添花，而是雪中送炭。

### 15　宴会上的争议

一天晚上，拉伯先生应邀参加一个宴会。席间，坐在他旁边的一位先生侃侃而谈，讲起了幽默的故事。

忽然，拉伯听出他犯了一个错误。他居然说"三人行，必有我师焉"这句话是出自《圣经》！"你错了！"拉伯先生立即大声否定，"这句话出自中国的《论语》！""是《圣经》！"那位先生一时下不来台，不得不跟他据"理"力争起来。"绝对是《论语》！"拉伯以非常肯定的口气重复道，然后把头转向了左边的一位熟人，"法兰克，你说是不是？"法兰克清了清嗓子，装成思考的样子慢慢地说道："我想，那位先生是对的，这句话是出自《圣经》。"说着，他在桌子底下使劲踩了拉伯一脚。看到朋友这样不给自己面子，拉伯只好气鼓鼓地不说话了。

而那位先生，则得意地扬扬眉毛，接着讲了下去。晚宴结束后，拉伯追着法兰克跑了出来。"法兰克，你明明知道我是对的！"他气呼呼地冲朋友喊道。"没错，你是对的，这句名言出自中国的《论语·述而》。"法兰克肯定道。"那刚才你为什么要否定我，你知不知道你那么做让我非常难堪？"拉伯既不解又气恼地质问道。

"我当然知道，而且我还知道，你那么做也让那位先生非常难堪。"法兰克说道，"亲爱的拉伯，我们都只是宴会上的客人，你有什么必要非得证明他错了呢？那样他会喜欢你吗？为什么不跟大家一样装糊涂，保留他的面子呢？这样既不得罪他，又会让餐桌上充满笑声，这不是很好吗？"

**感悟**：其实有时候现实生活中，糊涂的人是清楚者，自以为清楚的人却是糊涂者。

### 16  扁鹊的故事

魏文王问名医扁鹊："你们家三兄弟都精于医术，到底哪一位医术最好呢？"扁鹊回答说："大哥最好，二哥次之，我最差。"文王再问："那为什么你最出名呢？"

扁鹊答说："我大哥治病，是治病于病情发作前。由于一般人不知道他事先已经铲除了病因，所以他的名气无法传出去，只有我们家的人才知道。

我二哥治病，是治病于病情刚刚发作之时，一般人以为他只能治轻微的小病，所以他只在我们村子里才有名。

而我扁鹊治病，是治病于病情严重之时，一般人看见的都是我在经脉上穿针管来放血、在皮肤上敷药等大手术，所以他们认为我的医术最高明，因此名气响遍全国。"文王连连点头称道："你说得好极了。"

**感悟**：抬高别人，并不会降低你在大家心目中的位置。

### 17  最后的房子

一个叫弗兰克的老木匠做了一辈子的木匠工作，他因敬业和勤奋而深得老板的信任。当他年老力衰，对工作力不从心时，他对老板说，自己想退休回家与妻子、儿女共享天伦之乐。老板十分舍不得他，再三挽留，但是他去意已决，不为所动。老板只好答应他请辞，但希望他能再帮助自己盖一座房子。弗兰克自然无法推辞。

弗兰克归心似箭，心思已经完全不在工作上了，用料也不那么严格，做的活也全无往日的水准。老板看在眼里，却什么也没有说。等房子盖好之后，老板将钥匙交给了弗兰克。

"这是你的房子，"老板说，"是我送给你的礼物。"

老木匠愣住了，悔恨和羞愧溢于言表。他一生盖了那么多豪宅华庭，最后却为自己建了这样一座粗制滥造的房子。

**感悟：**人生是一面最好的镜子，映百态，显心境。

18　拼地图

一个年轻的经理带了些未完成的工作回家处理，为第二天的一个重要会议做准备。他五岁的儿子每隔几分钟就跑过来打断一下他的思路。

几次之后，他看见一张有世界地图的晚报，于是他把地图拿过来撕成几片，让他的儿子把地图重新拼起来。他以为这样能使那个小家伙忙上一阵子，借此他能完成工作。没想到三分钟后，儿子兴奋地告诉他已经拼好了，这个经理十分吃惊，问儿子怎么能拼得怎么快。小家伙说："图的背面有一个人，我只要把它翻过来，人拼好了，地图就拼好了。"

**感悟：**你正了，这个世界就正了。

## 第七章

# 目标与行动（画凤凰）

即使是一个神枪手，如果瞄准的不是靶心也不会出好成绩。

## 1　幻想与行动

一个弟子去请教师父道："人生的美好希望需要什么呢？"师父道："幻想。"

弟子问道："怎样才能实现人生的美好希望呢？"

师父说道："抛弃幻想，努力行动。"

弟子问道："师父，您不是说人生的美好希望需要幻想吗，为何实现人生的美好希望却要丢掉幻想呢？"

师父说道："人生如果没有美好的幻想，怎么会产生人生的美好希望呢？然而你如果一味地沉湎于幻想中，幻想永远只是幻想，幻想就会成为虚幻；只有去掉幻想，努力行动，才能实现人生的美好愿望。"

**感悟：**幻想开启人生的美好希望，行动成就人生的美好愿景。

## 2　白龙马的故事

白龙马随唐僧西天取经归来，名震天下，被誉为"天下第一名马"。白龙马想念家乡，找驴、羊、牛等儿时伙伴玩，驴迫不及待地询问成功秘诀，白龙马说："我去取经时大家也没有闲着，甚至比我还忙还累，我走一步，你也走一步，只不过我目标明确，十万八千里我走了个来回，而你在自己的磨坊小圈圈里原地踏步。所以我成功了，而你们还是你们。"驴愕然！

**感悟：**像驴一样勤奋，工作却原地踏步；像驴一样劳累，得到的却是皮鞭。勤奋的双脚一定要踏在正确的道路上，才能走出与众不同的未来。

### 3　与众不同的羚羊

在一片原始森林里，住着一群羚羊，它们无忧无虑，过着天堂般的生活。在这群羚羊当中，有一只显得与众不同，当别的同伴儿吃着鲜嫩的野草，晒着暖和的太阳，甚至做着香甜的美梦时，它却整天在森林里拼命地练习长跑。同伴们嘲笑它："这么悠闲的生活，你却不知道享受，天天在那儿没命地跑，你准备去参加比赛呀！"那只羚羊没有说话，继续跑着，时间一长，它就练出了一双飞毛腿。后来，同伴们对它的举动实在是感到莫名其妙，又问道："森林里这么安全，没有狼、狮子和老虎，你何必那么用劲练习奔跑呢？"羚羊停下来回答说："现在安全不等于永远都会安全，你想想，如果有一天我们被狼或老虎追逐，到那时，想跑也来不及了。只有平时把奔跑的本领练好了，到那时才可以逃脱它们的魔掌。"果然，有一天，几只凶猛的老虎闯进了羚羊的领地，除了那只平日里勤于练习奔跑的羚羊幸免于难外，其余的羚羊都成了老虎的美餐。

**感悟**：人生就像一场长跑比赛，只有永远比别人快半步，才有可能占得先机，赢在最后。这既是竞争者的姿态，更是成功者的秘诀。

### 4　小鹰学飞

小鹰对老鹰说："妈妈，总有一天，我要做一件举世交口称赞的事。"

"什么事？"

"飞遍全球，发现前人未发现的东西。"

"这太好了！不过你必须学习和掌握各种飞行技术，以免疲劳时无法继续飞行。"

小鹰苦练飞行技术，专心致志，其余的事一概不闻不问。

几天过后，老鹰对小鹰说："咱们一起觅食吧！"小鹰不耐烦地说："妈妈，您去吧，我没有工夫干这种没有价值的事！"老鹰吃惊地说："这是什么话？""是您让我集中精力进行训练，为什么又用这些毫无意义的小事分我的心呢？"老鹰循循善诱地说："孩子，你认为这是一件小事，但对于长途飞行来说却是一件大事。你不会寻找食物，飞行的第一天就要挨饿，第二天就无力升空，第三天就会饿死。"

**感悟**：世上无小事，许多所谓的小事其实是在为你打基础，没有打好稳固的地基，又怎能盖起坚实的大厦呢？

### 5 千里马的故事

有一匹年轻的千里马，在等待着伯乐来发现它。商人来了，说："你愿意跟我走吗？"马摇摇头说："我是千里马，怎么可能为一个商人驮运货物呢？"士兵来了，说："你愿意跟我走吗？"马摇摇头说："我是千里马，怎么可能为一个普通士兵效力呢？"猎人来了，说："你愿意跟我走吗？"马摇摇头说："我是千里马，怎么可能去当猎人的苦力呢？"日复一日，年复一年，这匹马仍然没有找到理想的主人。一天，钦差大臣奉命来民间寻找千里马。千里马找到钦差大臣，说："我就是你要找的千里马啊！"钦差大臣问："那你熟悉我们国家的路线吗？"马摇了摇头。钦差大臣又问："那你上过战场、有作战经验吗？"马摇了摇头。钦差大臣说："那我要你有什么用呢？"马说："我能日行千里，夜行八百。"钦差大臣让它跑一段路看看。马用力地向前跑去，但只跑了几步，它就气喘吁吁、汗流浃背了。"你老了，不行！"钦差大臣说完，转身离去。

**感悟**：宝剑锋芒皆自磨砺，躬身经历方可胜利。

6 目标与迷雾

1952年7月4日清晨，美国的加利福尼亚笼罩在浓雾中。在海岸以西21英里的卡塔林纳岛上，一位34岁的妇女跃入太平洋中，开始向加州海岸游去。要是成功的话，她就是第一个游过这个海峡的妇女。这名妇女叫弗洛伦丝·查德威克。在此之前，她是游过英吉利海峡的第一个妇女。那天清晨，海水冻得她浑身发麻，雾很大，几乎连护送她的船都看不到。时间一个小时一个小时地过去，在9个小时之后，她又累又冷，她知道自己不能再游了，就叫人拉她上船。教练和母亲都鼓励她，离海岸已经很近了，再坚持一会儿就到了，但她朝加州海岸望去，除了浓雾什么也看不到。于是她坚持要上船，教练只好答应了她。事实上她上船的地点离海岸只有半英里。

而两个月后，她不但成功游过了同一海峡，而且超过了当时的男子纪录。后来人们问她为什么第一次没有成功，是因为疲劳还是寒冷？她的回答令许多人意外。她说："之所以半途而废是因为在浓雾中看不见目标！"

**感悟**：视野内短期目标的不断实现，要比看不见的长期目标更关键。

## 7 和尚游学

一和尚要云游参学。师傅问："什么时候动身？""下个星期。路途远，我托人打了几双草鞋，取货后就动身。"师父沉吟一会儿，说："不如这样，我来请信众捐赠。"师父不知道告诉了多少人，当天竟有好几十名信众送来草鞋，堆满了禅房的一角。

隔天一早，又有人带来一把伞要送给和尚。和尚问："你为何要送伞？""你的师父说你要远行，路上恐遇大雨，问我能不能送你把伞。"但这天不只一人来送伞，到了晚上，禅房里堆了近五十把伞。晚课过后，师父步入和尚的禅房说："草鞋和伞够了吗？""够了够了！"和尚指着堆在房间里小山似的鞋和伞，"太多了，我不可能全部带着。""这怎么行呢？"师父说，"天有不测风云，谁能料到你会走多少路，淋多少雨？万一草鞋走穿了，伞丢了怎么办？"师父又说，"你一定还会遇到不少溪流，明天我请信众捐舟，你也带着吧……"和尚这下明白了师父的用心，他跪下来说："弟子现在就出发，什么也不带！"

**感悟**：请带上自己的心上路吧，目标在远方，路在自己脚下！

## 8 知了学飞

传说很久以前，知了是不会飞的。有一天，它看见一只大雁在天空中自由自在地飞行，十分羡慕。于是，它就请大雁教它学飞。

大雁在教知了学飞之前，对它说："学飞是一件艰苦的事情，如果你想要学飞行，就得不怕苦才行。"知了听了大雁的话后，便说："只要您肯教我飞行,什么苦我都不怕。"大雁见知了这么有信心,就答应教它学飞。

大雁首先教知了飞行的步骤。它叫知了坐在树上看它是怎样飞行的。并要知了把它飞行的步骤记下来。知了学得可认真了,没几天,就把飞行的步骤都记下来了。大雁见知了学那么快,十分高兴。

接着,大雁又教知了学远飞。但此时的知了对学飞已经不感兴趣了。它觉得自己已经把飞行的步骤记下来了,就是会飞了。既然会飞了,那还有什么好学的呢?从此,大雁所讲的每一句话,知了都把它当作耳边风。有时干脆就在大树上睡觉。当大雁向它提出问题时,它就会说:"知了,知了。"

转眼间,秋天到了,天气也越来越冷了。成群的大雁一齐向南方飞去。知了也想跟着去,但当它开始飞时,才发现自己只能从一棵树上飞到对面的一棵树,根本飞不了多远,也飞不了多高。直到这时,知了才知道后悔,可是已经迟了。

**感悟**:不要让"知道了"三个字阻碍了我们成长的脚步,即使是我们真的知道。

9 冠军的秘诀

1984 年,在一次国际马拉松邀请赛中,名不见经传的选手出人意外地夺得了世界冠军。当记者问他凭什么取得如此惊人的成绩时,他说了这么一句话:凭智慧战胜对手。

当时许多人都认为这个偶然跑到前面的矮个子选手是在故弄玄虚。马拉松赛是考验体力和耐力的运动,只要身体素质好又有耐性就有望夺冠,爆发力和速度都还在其次,说用智慧取胜确实有点勉强。

两年后，意大利国际马拉松邀请赛在意大利北部城市米兰举行。这一次，他又获得了世界冠军。记者又请他谈经验。

这位世界冠军性情木讷，不善言谈，回答的仍是上次那句话：用智慧战胜对手。这回记者在报纸上没再挖苦他，但对他所谓的智慧迷惑不解。

十年后，这个谜终于被解开了，他在他的自传中是这么说的："每次比赛之前，我都要乘车把比赛的线路仔细地看一遍，并把沿途比较醒目的标志画下来，比如第一个标志是银行；第二个标志是一棵大树；第三个标志是一座红房子……这样一直画到赛程的终点。比赛开始后，我就以百米的速度奋力地向第一个目标冲去，等到达第一个目标后，我又以同样的速度向第二个目标冲去。四十多公里的赛程，就被我分解成这么几个小目标轻松地跑完了。起初，我并不懂这样的道理，我把我的目标定在四十多公里外终点线的那面旗帜上，结果我跑到十几公里时就疲惫不堪了，我被前面那段遥远的路程给吓倒了。"

**感悟：**很多时候，我们不能成功，不是因为难度太大，而是因为感觉成功太遥远，这时候，将大目标分解开来，时刻与成功相伴，便能事半功倍。

### 10 画凤凰

这位画家以画水彩画著名，人们都称赞他画的花能散发香气，他画的鸟能开口鸣叫，意思就是说他能把东西画活。

国王听了此事，便专程去拜访那位画家。"请你为我画一只凤凰吧，此生我最想见的鸟就是凤凰了。"国王对他说。画家答应了国王，并告诉他一年后才能来取。

一年之后，国王如约登门来访。一进门他便问道："我的凤凰呢？你可为我画好了？"

"陛下请稍等一下，您的凤凰马上就来。"画家边行礼边回
答道，然后便不紧不慢地铺了画纸，润湿了画笔，当着国王的面
挥笔如飞起来。不一会儿，一只美丽鲜艳、情态动人的凤凰出现了，
国王连连叫好，可是画家叫出的价格却着实把他吓了一跳。

"什么？300万？"国王睁大了眼睛，"就这么一小会儿工夫，
而且看起来你毫不费力、易如反掌地就画成了，竟要这么高的价
钱，你这简直就是欺君罔上！"

"陛下请息怒，在您接受这个价格之前，我请您先看看我的
画室。"说完，画家便领着国王走遍了他的院子。国王看到，画
家小院的每个房间里都堆着满屋的画纸，展开来看，原来每张纸
上画的都是凤凰。

"我希望您觉得这个价格是公道的，因为这件看起来毫不费
力、易如反掌的事，花费了我多半的时间与精力。为了在这一会
儿工夫里给您画出这只凤凰，我已经准备了整整一年的时间！"
画家说道。

**感悟：**没有谁能够不劳而获，巨大的成功背后必然隐藏着辛
勤艰苦的劳动。


11　定力与技巧


一弟子学习射箭，师父告诉他，要学习射箭，先要练好定力。
定力怎样练呢？就是站成射箭的姿势，每天站上三个时辰，等练
到纹丝不动时，再来教他如何射箭。

弟子练了三年，终于练成。可师父说，他只具备了身体上的
定力，要练习射箭，还必须具备心理上的定力，心理上的定力怎
样练呢？师父教他站在高高的危崖上，站成射箭的姿势，每天站

上三个时辰，等练到纹丝不动时，再来教他如何射箭。弟子一练又是三年，最终练成。弟子找到师父，师父说，现在可以教他射箭了。

师父仅教弟子射箭三个月，弟子就能百步穿杨。弟子不解地问，为什么练习定力需要六年，而学习射箭仅需三个月呢？

师父说，不只是射箭，定力是成就一切事情的基础。而学习射箭，只是一种技巧，技巧再好，如果没有专注的定力，也难以击中目标。

**感悟**：世上好学的是技巧，难做的是定力。


## 12  坚持，你能吗？

苏格拉底是古希腊著名的大哲学家和大教育家，他教学生的方法总是别出心裁。

开学第一天，他对学生们说："今天，我们只学一样东西，就是把胳膊尽量往前抬，然后再尽量往后甩。"他示范了一下，结果，所有学生都笑了。

"老师，这还用学吗？"一个学生打趣道。

"当然，"苏格拉底很严肃地回答道，"你不要觉得这是件很简单的事，其实它很困难的。"听到这话，学生们笑得更厉害了。

苏格拉底一点也不生气，他宣布说："这堂课我就教大家好好学这个动作。学会以后，从今天开始，每天你们都要把它做100遍。"

十天之后，苏格拉底问："谁还在坚持做那个甩手动作？"大约80%的学生举起了手。

二十天之后，苏格拉底又问："谁还在坚持做那个甩手动作？"大约50%的学生举起了手。

三个月之后，苏格拉底又问道："那个最简单的甩手动作，有谁在坚持做？"这一次，只有一位学生举起了手。他，就是后来成为古希腊另一位大哲学家、大思想家的柏拉图。

**感悟：**"坚持"二字人人可做，亦人人难做，伟人往往是坚持到最后的人。

13 3200万次

一只新组装好的小钟放在了两只旧钟当中。两只旧钟"嘀嗒，嘀嗒"，一分一秒地走着。

其中一只旧钟对小钟说："来吧，你也该工作了。可是我有点担心，你走完3200万次以后，恐怕便吃不消了。"

"天哪，3200万次。"小钟吃惊不已，"要我做这么大的事？办不到，我办不到。"

另一只旧钟说："别听他胡说八道。不用害怕，你只要每秒'嘀嗒'一下就行了。"

"天下哪有这样简单的事情。"

小钟将信将疑地说，"如果是这样的话，我就试试看。"

小钟很轻松地每秒钟"嘀嗒"摆一下，"嘀嗒"再摆一下，不知不觉中，一年过去了，它摆了3200万次。

**感悟：**万丈古树始于毫木，眼下的每一步踏实，都是未来浸润成功的地基。

14 砸铁球

全国著名的推销大师，即将告别他的推销生涯，应行业协会和社会各界的邀请，他将在该城中最大的体育馆，做告别职业生涯的演说。那天，会场座无虚席，人们在热切地、焦急地等待着那位当代最伟大的推销员做精彩的演讲。大幕徐徐拉开，舞台的正中央吊着一个巨大的铁球。为了这个铁球，台上搭起了高大的铁架。一位老者在人们热烈的掌声中走了出来，站在铁架的一边。他穿着一件红色的运动服，脚下是一双白色胶鞋。人们惊奇地望着他，不知道他要做出什么举动。这时两位工作人员，抬着一个大铁锤，放在老者的面前。主持人这时对观众讲："请两位身体强壮的人，到台上来。"好多年轻人站起来，转眼间已有两名动作快的跑到台上。

老人这时开口和他们讲规则，请他们用这个大铁锤，去敲打那个吊着的铁球，直到把它荡起来。一个年轻人抢着拿起铁锤，拉开架势，抢起大锤，全力向那吊着的铁球砸去，一声震耳的响声过去，那吊球动也没动。他就用大铁锤接二连三地砸吊球，很快他就气喘吁吁了。另一个人也不示弱，接过大铁锤把吊球打得叮当响，可是铁球仍旧一动不动。台下逐渐没了呐喊声，观众好像认定那是没用的，就等着老人做出解释。

会场恢复了平静，老人从上衣口袋里掏出一个小锤，然后镇定地面对那个巨大的铁球。他用小锤对着铁球"咚"敲了一下，然后停顿一下，再一次用小锤"咚"敲了一下。人们奇怪地看着，老人就那样"咚"敲一下，然后停顿一下，就这样持续地做。十分钟过去了，二十分钟过去了，会场早已开始骚动，有的人干脆叫骂起来，人们用各种声音和动作发泄着他们的不满。老人仍然一小锤一停地工作着，他好像根本没有听见人们在喊叫什么。人们开始愤然离去，会场上出现了大块大块的空位。留下来的人们好像也喊累了，会场渐渐地安静下来。

大概在老人进行到四十分钟的时候，坐在前面的一个妇女突然尖叫一声："球动了！"霎时间会场立即鸦雀无声，人们聚精会神地看着那个铁球。那球以很小的摆度动了起来，不仔细看很难察觉。老人仍旧一小锤一小锤地敲着，人们好像都听到了那小锤敲打吊球的声响。

吊球在老人一锤一锤的敲打中越荡越高，它拉动着那个铁架子"咣、咣"作响，它的巨大威力强烈地震撼着在场的每一个人。终于场上爆发出一阵阵热烈的掌声，在掌声中，老人转过身来，慢慢地把那把小锤揣进兜里。老人开口讲话了，他只说了一句话："在成功的道路上，你没有耐心去等待成功的到来，那么，你只好用一生的耐心去面对失败。"

**感悟**：成功对于迈出的脚步大小不重要，重要的是坚持。

15 "空想家"小狮子

看到身为森林之王的父亲老狮子如此威风凛凛地发号施令，众兽无一敢不服，小狮子心里真是热血沸腾。它心想：长大了我也一定要干出一番大事业来，就像父亲那样，受百兽的尊重和崇拜。

从此，小狮子便一门心思地考虑起如何才能做成大事来，以至于妈妈或同伴让它帮点小忙时，它从来都摇头拒绝："我生下来是干大事的，像这种小事我才不干呢，简直就是埋没我嘛！"久而久之，百兽背地里都讥笑起它来，还给它起了个外号叫"空想家"。

这天，小狮子闲来无事到山下去逛，遇到了一匹老马。老马见它无所事事，便忍不住教训了它几句。

没想到小狮子立刻反驳道："我不是不想干事，我只不过是想干大事罢了。我想出人头地，只有大事才能让我出人头地，不是吗？"

老马想了想，便把小狮子带回了家中，从抽屉里拿出一包花种："这是我们整座大山上最名贵的花，如果它开放，全山的野兽们都能被它的香气所迷醉，这可谓是惊天动地了吧？现在，你想个办法让它早点抽枝、长叶、开花吧。"

"这还不简单，把它埋进土里，浇上点水，它自然就会生根发芽，到秋天开出美丽的花朵了嘛。"小狮子得意地回答道。

"可是这样做岂不是首先埋没了它们吗？"老马笑着问道。

"不先埋下它们，它们怎么会发芽和开花呢？"

"哦，看来你早就知道出人头地的正确方法啊，孩子。"老马乘机说道。

"啊，这……"小狮子立刻脸红了。

**感悟：**枝叶花果想要长在高高的枝头；根茎须枝就得扎在深深的土壤。

### 16 哲学家的遗憾

多年前，印度有位著名的哲学家，由于他饱读经书、才情非凡，很多女人都非常迷恋他。

某天，一位年轻漂亮的女子鼓起勇气敲开了他的门，对他说道："我爱你，请让我做你的妻子吧！如果错过我，你恐怕再也找不到比我更爱你的女人了！"

哲学家虽然很喜欢这位勇敢美丽的女子，但还是犹豫了一下答道："请让我再考虑考虑吧。"

女子走后，哲学家运用他研究学问的一贯精神研究起了婚姻。他把结婚和不结婚的好坏之处分别列在一张纸上，然后开始对比。结果他发现：两种选择居然好坏均等！怎么会这样呢？这可让他怎么办啊？哲学家真是苦恼极了。想了想，他撕掉原来的记录，重来了一遍，没想到结果依然差不太多。为此，哲学家陷入了长期的烦恼中，几乎每天都在为早日证明两者孰优孰劣而努力着。

三年之后的某天，哲学家忽然灵光一闪，想通了一件事：当面临两难抉择无法取舍时，人应该选择自己尚未经历过的那一个。于是，喜出望外的他终于决定了：结束自己的单身生活，答应那位女子的求爱。

但是当哲学家兴冲冲地来到女子家里送聘礼时，女子的父亲却冷漠地拒绝了他。"为什么？我可是你女儿最爱的人，错过了我，她再也不会找到让她如此倾心的人了。"哲学家大惑不解地问道。"是的，但是很可惜你来晚了两年，我女儿现在已经是孩子的妈了。"对方不紧不慢地答道。

听到这句话，哲学家立刻瘫倒在了地上。他怎么也没想到，自己向来引以为傲的哲学头脑，为自己换来的居然是一场无法追溯的悔恨。

回到家后，哲学家一页一页地把自己的著作和藏书投入了火堆，然后便一病不起。一年之后，他带着遗憾离开了人世。临终前，他颤抖地在遗书上写下了自己对人生的感悟，其实只有六个字：别犹豫，别后悔。

**感悟**：优柔寡断是人生的蛀虫，追悔莫及是心灵的毒药。


17　黄鹏鸟唱歌

有一只黄鹏鸟，生着一副极好的歌喉，但就是胆子小，不敢在大家面前唱歌。黄鹏鸟也知道自己的缺点，于是它便去寻找有学问的伙伴，向它们求教如何才能把胆子练大。

黄鹏鸟先后找了老乌龟、猫头鹰、长颈鹿，直到找到了老松鼠。可是每个伙伴都让它先唱一首歌听听，然后再告诉它。为了求到胆大的学问，黄鹏鸟都一一献唱。直到找到老松鼠的时候，它已经可以当着所有伙伴的面唱歌而没有丝毫胆怯了，于是老松鼠对它说："你已经找到把胆子练大的方法了。"

**感悟**：很多时候不老练是因为我们老不练，老去练就老练了。

## 18　猎人的目标

有一位父亲带着孩子们到沙漠里去猎杀骆驼。他们到达目的地之后，父亲问老大："你看到了什么？"老大回答："我看到了猎枪、骆驼，还有一望无际的沙漠。"

父亲摇了摇头说："不对。然后又用相同的问题问老二。老二回答说："我看到了爸爸、大哥、弟弟、猎枪、骆驼和一望无际的沙漠。"父亲又摇了摇："不对。"然后又问老三。老三回答说："我只看到了骆驼。"父亲高兴地点点头，你这么想就对了。"

**感悟**：聚焦目标，才能胜利。

## 19　出山买米

在一座寺庙里，住着一老一小两个和尚。这天，老和尚对小和尚说："我们的米不多了，你出山到集上买些米吧。"小和尚答应一声，第二天就出发了。

可是走了没多久，小和尚就回来了。他告诉老和尚，出山过河的那座桥，木头朽坏了，人不能走。老和尚问："不是可以从别的路绕过去吗？"小和尚说："绕过去那得多走几倍的路。我听附近的山民说了，那桥他们马上就修，还不如等桥修好了再出山。"老和尚沉默不语了。

几天后，老和尚又派小和尚去买米，几个时辰过去后，小和尚背着袋子又回来了。看到老和尚，小和尚立刻说："师父，那桥正在抢修，现在还没修完，等他们修好了再去买米吧。我想，修这桥不会用太长时间的。"老和尚看看已快见底的米缸，叹口气："好吧，就按你说的等吧。"

估摸着桥该修好了，这时米缸里的米也已吃得干干净净了。老和尚说："去吧，赶快去吧，再买不到米，咱就该饿肚子了。"小和尚收拾收拾东西，上路了。可是这一次，小和尚去得快，回来得也快。一见面，小和尚就着急地对老和尚说："师傅，不好了，桥是修到头了，可是被上游突然暴发的山洪冲坏了，连那条绕过去的路也被洪水淹没了，我们该挨饿了……"

老和尚叹口气："其实，这种状况是一开始就注定了的。当初桥朽坏了的时候，你如果早下决心，从绕过去的路出山，虽然费些体力，但米应该是早已买回来了。可你不想费力，又心存侥幸，结果，一而再，再而三，造成了今天的困境，你说，这能怨谁呢？"小和尚不由得低下了头。

**感悟**：成功的唯一捷径就是该做什么事的时候就去做什么事。

20　动物园里的骆驼

在动物园里，小骆驼问骆驼妈妈："妈妈，妈妈，为什么我们的毛那么长，那么粗糙呢？"骆驼妈妈说："因为沙漠中太阳大，日照时间长。粗糙的毛可以让我们避免被晒伤。"

小骆驼又问："妈妈，妈妈，为什么我们的背那么驼，丑死了！你看斑马的背那么平整光滑。"骆驼妈妈说："这个叫驼峰，可以帮我们储存大量的水和养分，能让我们在沙漠里耐受十几天的无水无食条件。"小骆驼又问："妈妈，妈妈，为什么我们的脚掌那么厚？"骆驼妈妈说："那可以让重重的身子不至于陷在软软的沙子里，便于长途跋涉啊！而且厚厚的脚掌能让我们避免被沙漠中的沙土灼伤呀！"

小骆驼高兴坏了："哇，原来我们的身体这么奇妙啊！可是妈妈，为什么我们还在动物园里，不去沙漠远足呢？"

**感悟**：一个人走不出去的原因，不是因为外部的环境，而是惯性的思维束缚了脚步。


## 21 乞丐要饭

在一个寒冷的冬夜，有四个生理上有点缺陷的乞丐在讨饭，他们分别是秃子、瘸子、瞎子和麻子，他们只讨来了一碗面条，四个人一碗面条，四个人都吃谁也吃不饱，谁一个人吃也不合适，四个人商量后决定比本事，谁的本事大就谁吃，于是秃子先说："我无'发'无天。"瘸子说："我一拐天下。"瞎子说："我目中无人。"三个人在争吵，回头一看面条没了，麻子正在那擦嘴呢。"你，你没有比本事怎么把面条给吃了。"麻子说："我没本事，您三位都多厉害呀，我不要脸。"

**感悟**：别人议论时我们行动，别人行动时我们成功。


## 22 光说不练

台湾的阿牛和阿花在谈恋爱，两个年轻人恋爱时间不长、速度很快。终于到了星期六，阿牛就给阿花打电话，两人一起出来玩。

两个人逛公园，看电影，游故宫，一天的时间很快就过去了，到了晚上阿牛把阿花送到了她家的楼下，阿花说："谢谢你阿牛哥，再见，你可以回去了。"可是阿牛站在那里就是不肯离去，阿花问："你还有什么事吗"？阿牛吞吞吐吐地回答："我想，我想，我想亲你一口，可以吗"？"不可以，这样我会不开心的，你回去吧。"

终于又到了星期六，他们相约游日月潭、阿里山。疯狂的一天很快过去了，晚上又来到阿花家的楼下，"谢谢你陪我这难忘的一天，你可以回去了"。可阿牛低着头就是不走，嘴里在嘟哝着："我想亲你一口，我想亲你一口。"阿花不听他说，转身回家了。

开心的一天又到来了，晚上两人回到了阿花的家门口，昏暗的灯光下两人面对面站着，阿牛又开口道："我想，"刚说两个字，只见阿花抬手"啪"的一巴掌打过来，"你这个笨蛋光说不练。"

**感悟**：拒绝是人的本能反应，行动是成功的唯一保证。

天下华人是一家

## 第八章

# 合作与共赢（森林里的独木桥）

别人因你而温暖，你也会因别人而享受阳光。

1　龟兔赛跑（弟兄篇）

这一次，兔子找乌龟雪耻，要再比赛一次，乌龟说："这回线路我选。"兔子说："可以，但全要选山路。"乌龟说："没问题，三天后比赛，全程跑完七座山。"

兔子想乌龟它爷爷和老爸不笨呀，咋生出这么笨的龟孙子？这回它不输才怪哪。

比赛那天，兔子没跑到半山腰，就听见乌龟在山顶上喊："兔孙子加油，我就在你前面。"兔孙子拼尽全力满怀希望跑到第七座山的山腰，还是那个声音传来，"兔孙子加油，我就在你前面"。它当即累瘫。裁判宣布这回又是乌龟获胜。

兔子回到家后问兔爷爷为什么，兔爷爷："傻孙子，你是独苗，龟孙子有八兄弟呀！"

**感悟**：一个人能力再大，也干不过一个团队，团队的力量才是成功的根本。

2　龟兔赛跑（借力篇）

小白兔与乌龟赛跑，小白兔因为被诱惑、贪玩、跑错方向、睡觉、听小狗叫，结果自然可想而知了。

有了前几次的失败，这一次小白兔总结经验教训，全神贯注做好准备，早早来到赛场，等到发令枪一响，全力以赴向终点跑去，它想这下应该万无一失了吧。可是这一次，乌龟一看小白兔的速度，立马拦了一辆出租车！毫无疑问，小白兔又输了！

**感悟**：全力以赴不一定成功，要懂得借助外力来帮助自己成功。

### 3　锁和钥匙

一日，锁对钥匙埋怨道："我每天辛辛苦苦为主人看守家门，而主人喜欢的却是你，总是每天把你带在身边。"而钥匙也不满地说："你每天待在家里，舒舒服服，多安逸啊！我每天跟着主人，日晒雨淋的，多辛苦啊！"

一次，钥匙也想过一过锁那种安逸的生活，于是把自己偷偷藏了起来。主人出门后回家，不见了开锁的钥匙，气急之下，把锁给砸了，并把锁扔进了垃圾堆里。主人进屋后，找到了那把钥匙，气愤地说："锁也砸了，现在留着你还有什么用呢？"说完，把钥匙也扔进了垃圾堆里。

在垃圾堆里相遇的锁和钥匙，不由感叹起来："今天我们落得如此可悲的下场，都是因为过去我们在各自的岗位上，不是相互配合，而是相互妒忌和猜疑啊！"

**感悟**：职务和岗位没有高低贵贱之分，做好自己，不用羡慕和猜忌别人。

### 4　森林里的独木桥

森林中有一条河流，河水湍急，不停地打着漩涡，奔向远方。河上有一座独木桥，窄得每次只能容一人经过。

某日，东山上的羊想到西山上去采草莓，而西山的羊想到东山上去采橡果，结果两只羊同时上了桥，到了桥中心，彼此挡住了，谁也走不过去。

东山的羊见僵持的时间已很长了，而西山的羊照样没有退让的意思，便冷冷地说道："喂，你的眼睛是不是长在屁股上了，没见我要去西山吗？"

"我看你是干脆连眼都没长吧，要不，怎么会挡我的道？"西山的羊反唇相讥。

于是，两只互不相让的羊开始了一场决斗。

"咔"，这是两只羊的犄角相互碰撞的声音。

"扑通"，这是两只羊失足同时落入河水中的声音。

森林里安静下来，两只羊跌入河心以后淹死了，尸体很快就被河水冲走了。

**感悟：**争一时输赢，丢一世生命。

5  钓鱼的故事

两个钓鱼高手一起到鱼塘垂钓。这两位各凭本事，一展身手，没过多久，皆大有收获。忽然间，鱼塘附近来了十多名游客。他们看到这两位高手轻轻松松地就把鱼钓上来，十分羡慕，都到附近去买了一些鱼竿来钓鱼。没想到，这些不擅此道的游客怎么钓都毫无成果。这两位钓鱼高手的技艺相仿，性格却大不相同，其中一个人孤僻，不爱搭理人，只愿单享独钓之乐；另一位却热心、豪放，爱结交朋友。

爱结交朋友的这位高手看到游客钓不到鱼就说："这样吧，我来教你们钓鱼，如果你们学会了我的钓鱼诀窍，钓到鱼时，每十尾就分给我一尾，不满十尾就不必给我。"垂钓者们当然愿意，双方一拍即合。一天下来，这位热心肠的钓鱼高手把所有时间都用在指导垂钓者身上了，获得的竟然是满满的一大篓筐鱼，还认识了一大堆新朋友，并且左一声"老师"，右一声"前辈"地被人称呼着，备受尊崇。

而同来的另一位钓鱼高手却没有享受到这种乐趣。当大家都围绕着他同伴学钓鱼时，他就显得孤单落寞。闷钓一整天，收获远远没有同伴多。

**感悟：** 己欲利，先利人；己欲达，先达人。

## 6  一捆筷子

一位老人辛苦一生，积蓄起了丰厚的家产。本来，他打算临终前把财产平均分给三个儿子，可是没想到，自己刚一病倒，三个儿子便争起家产来，闹得全家不和不说，邻居还趁机抢起他家的土地来。老人很伤心，弥留之际，决定给儿子们上最后一课。于是，他把三个儿子叫到床前，拿出一把筷子，给每人分了一根，说："你们折断它。"三个儿子不费吹灰之力便把手中的筷子折断了。

这时候，老人把剩下的筷子绑在一起，递给老大说："你再折。"结果，老大使出吃奶的劲儿也没折断，老二、老三也一样，都没能折断。

老人道："你们兄弟三人，每人都相当于一根筷子。如果彼此分离，别人会很容易把你们一一折断，倘若绑在一起，那就什么力量都不能把你们摧毁了。这就是我临终之前要告诉你们的话。"看到三个儿子恍然大悟的表情，老人放心地闭上了双眼。

后来，三兄弟真的像父亲希望的那样紧紧绑在一起了。他们击退了取闹的邻居，又用父亲的遗产一起创办了一家工厂，日子越过越好。

**感悟：** 一个好汉三个帮，人心齐泰山移。

## 7  小白兔写论文

有一天，兔子在一个山洞前写东西，一只狼走过来，问："兔子你在写些什么？"兔子答曰："我在写论文。"狼又问："什么题目？"兔子答曰："我在写兔子是怎样把狼吃掉的。"狼听后哈哈大笑，表示不相信。兔子说："不信你跟我来。随后把它带进了山洞。之后兔子自己出来，又继续在山洞前写着。这时又来了一只狐狸，问："兔子，你在写些什么？"兔子答曰："我在写论文。"狐狸问："什么题目？"兔子答曰："兔子是如何把一只狐狸吃掉的。狐狸听完后哈哈大笑，表示不信。兔子说："不信你跟我来。"之后把它带进了山洞。过了一会儿，兔子又独自一人走出了山洞，继续写它的论文。此时在山洞里面，一只狮子正坐在一堆白骨上一边剔着牙，一边看着兔子的论文：一个动物的能力大小，不是看它的力量有多大，而是看它的幕后老板是谁！

**感悟**：一个人能力大小不取决于自己，而是看他与谁合作。

## 8  龟兔赛跑（合作篇）

小白兔和乌龟又进行了一次赛跑，这次是最为成功的。

比赛是从北京跑到广州，乌龟接受了小白兔的挑战。枪声一响，小白兔就快速奔跑，可是小白兔怎么也没想到，跑着跑着，突然出现了一条河流，这可怎么办？！等到乌龟慢慢地爬过来，小白兔便说："乌龟大哥，能不能帮我个忙，您会游泳，背我过去好不好？"乌龟说："没问题，我背你。"乌龟背着小白兔过了河，一上岸，小白兔连一声"谢谢"都没有说，便跑得没影了，留下乌龟在后边慢慢地追。

小白兔跑了不久又遇见一条河，只能等着乌龟来。好不容易等来了乌龟，它又可怜巴巴地求乌龟："乌龟大哥，你能不能再背我？"乌龟这一次便说："可以，但是我有个条件，有水的地方我背你，但陆地上你得背我。"小白兔因为乌龟帮了它两次，便答应了。

它们就这样你背我，我背你，最后同时到达广州，两个人都拿到第一名。

**感悟**：现实情况的复杂让我们寻求合作，心中维系的友谊让我们谋求共赢。

9　唐僧取经

有人问唐僧："你今天成功了，靠的是什么？"

唐僧回答："我靠的是信念和信仰，无论遇到多大的困难，我相信只要我不死我就能取到真经！"

然后问孙悟空："你靠什么"？悟空说："我靠的是能力和人脉，我没办法的时候我会借力！"

然后问猪八戒："你动不动就摔耙，还好色，你怎能成功？"猪八戒说："我选对团队了，一路有人帮，有人带，团队赢我就也赢。"

然后又问沙和尚："你这么老实怎么也能成功？"沙和尚说："我简单、听话、叫干啥就干啥，只要不掉队，同样取真经。"

**感悟**：没有完美的个人，只有完美的团队。团队赢，个人赢。

## 10　农民种地

有一个青年农民很热爱种地，头脑又灵活，他总希望自己的庄稼要比别人家的好，于是就到城里请教农业专家，由于他得到了更优质的种子，第一年他喜获丰收。

挨着他的邻居们看他丰收，纷纷问他用的什么方法，他知道是种子使他获得了丰收。"我如果也给了他们，就显不出我的成果了。"他想了想，没有告诉大家。

第二年过去了，第三年过去了，不知怎么回事，他发现自己的收成一年不如一年，青年人就到城里请教农业专家，专家告诉他："庄稼是靠花粉相互传播才能结果，你只有让周边的地都种上优质的种子，大家有好的收成，你才会有好的收成，否则你也不会有好的结果。"

年轻人听后恍然大悟，为自己的小聪明懊悔不已。

**感悟：**一个人的成功不是战胜了多少人，而是帮助多少人成功。

## 11　小孩搬石头

一个小男孩在院子里搬一块石头，父亲在旁边鼓励："孩子，只要你全力以赴，一定搬得起来！"但是石头太重，最终孩子也没能搬起来。他告诉父亲："石头太重，我已经用尽全力了！"父亲说："你没有用尽全力。"男孩不解，父亲微笑着说："因为我在你旁边，你都没有请求我的帮助！"

**感悟：**一栋大楼拔地而起，难道是房地产老板一砖一瓦的功绩？

## 12　不合作的结果

四位朋友一起出外游玩，不小心在大草原上迷了路。为了走出草原，他们决定每两人一组分别朝着相反的方向走，然后由首先走出草原的那组带着救援队一直按原路返回，这样就可以找到另外一组了。约好之后，这两组便按计划上路了。

当这两组朋友都已经筋疲力尽，眼看就到穷途末路时，神仙降临了。于是，这两组都有一个人得了一篓鱼，一个人得了一根鱼竿。

第一组的两个人拿到这两样东西之后，生怕对方跟自己抢，便分道扬镳了。得到鱼的人赶紧找个地方生火烤鱼吃，得到鱼竿的人赶紧找池塘钓鱼去，要知道，他们都已经两三天没有吃过东西了。就这样，有鱼的人天天吃着免费的鱼，有鱼竿的人则天天拼命寻找着池塘。可是当鱼吃完时，得到鱼的人还没有看到草原的尽头。而有鱼竿的人快饿死时，还没有找到池塘。

第二组的两个人没有各奔东西，而是一起用那篓鱼维持着生命，又一起寻找着池塘。等到鱼快吃完时，第一个池塘终于被他们发现了，于是他们又有了一篓新的鱼。靠着这种方式，他们最后终于活着走出了大草原。

可是，当第二组按照约定带领救援队寻找到第一组的两个人时，却发现他们都已经死了，一个死在了空空的鱼篓旁，一个死在了崭新的鱼竿旁。

**感悟：**与人合作不仅重要而且必要。学会与人合作，我们才能共赢。

## 13　残疾人进城

从前，有三个人从没进过城，都想进城看看城里到底怎么样，但这个城有个规定，残疾人不准入内，因为他们都有身体某一方面的缺陷，每一次都被拒之城外，一个是罗锅，一个是摇头，一个是瘸子。

这一天他们三个人约好时间来到城门口，一定要一起进城看看。经过一番商量和策划，就开始进城了，罗锅弯着腰一边跑一边喊："老鼠，老鼠"，摇头紧跟其后，快步疾行："在哪里，在哪里"，瘸子一摇一晃跑了过来："踩死你，踩死你"。一阵混乱中，三个残疾人进了城。

**感悟**：每个人靠自己很难成功，大家合作才会共赢。

## 14　海洋与沙漠

有一天，沙漠与海洋谈判。

"我太干，干得连一条小溪都没有，而你却有那么多水，多成汪洋一片。"沙漠建议，"不如我们做个交换吧。"

"好啊，"海洋欣然同意，"我欢迎沙漠来填补海洋，但是我已经有沙滩了，所以只要土，不要沙。"

"我也欢迎海洋来滋润沙漠，"沙漠说，"可是盐太咸了，所以只要水，不要盐。"

因不能相互包容，结果沙漠还是沙漠，海洋还是海洋。

**感悟**：想用人之长，必容人之短。

## 第九章

# 危机与竞争（猴子下棋）

　　一根火柴不值一毛，却可以将价值千万的大楼毁于一旦。

## 1 乌鸦与兔子

一只乌鸦坐在树上，整天无所事事。一只小兔子看见乌鸦，就问："我能像你一样整天坐在那里，什么事也不干吗？"乌鸦答道："当然能，为什么不呢？"

于是，兔子便坐在树下，开始休息。突然，一只狐狸出现了。跳向兔子，并把它给吃了。

**感悟：**要想坐在那里什么也不干，你必须坐得非常非常高才行。

## 2 猴子下棋

从前，有一对仙人夫妻，喜欢下围棋，他们常常到山上下棋。一只猴子，经年累月地躲在树上看这对仙人下棋，终于练就了高超的棋艺。

不久，这只猴子下山来，到处招惹人挑战，结果没人是它的对手。最后，只要是下棋的人，一看对手是这只猴子，就甘拜下风，不战而退。国王终于看不下去了，全国这么多的围棋高手竟然连一只猴子也敌不过，实在是太丢脸了。于是国王下诏：一定要找到人来战胜这只猴子。

然而，猴子的棋艺超绝，举国上下根本没有人是它的对手，那该怎么办呢？这时，有一个大臣自告奋勇地说要与猴子下一盘棋。国王问："你有把握吗？"他说绝对有把握。但是，在比赛的桌上一定要放一盘水蜜桃。

比赛开始了，猴子与大臣面对面坐着，在比赛的桌子旁边放着一盘鲜嫩的水蜜桃。整盘棋赛中，猴子的眼睛盯着这盘水蜜桃，结果，猴子输了。

**感悟**：有些成功，不需要太强的实力，需要的往往是专注。

### 3　鹦鹉与藏獒

有这样一家将要出去旅游的人，家里养了一只鹦鹉和一只藏獒，出去旅游前将两动物放心地交托给了关系很好的邻居。

家人临走前嘱咐邻居："藏獒虽然看起来很凶猛，但它不会伤害你，你还可以逗它玩。鹦鹉虽然看起来小，但切记不能逗它，否则它会伤害你。"

邻居很疑惑，家人走后试探性地去逗藏獒玩。藏獒很开心，与邻居玩了起来。玩了一会儿邻居很开心，看到笼子里的鹦鹉后，心想："这个看起来小小的鹦鹉还被困在笼子里，怎么会伤害我。"于是他就去逗这个鹦鹉，谁承想鹦鹉跳起来大叫："藏獒！咬他！藏獒！咬他！"旁边的藏獒立马起身扑上来将邻居咬回了家。

**感悟**：看不到眼里的力量有时比你看得上的力量更强大。

### 4　买鹦鹉

王老爷子喜欢养鸟，而且非常着迷于收集各种稀罕的鸟。这天，看看天气挺好，王老爷子又来逛鸟市了。

刚走进鸟市不久，他便被一个卖鹦鹉的招牌吸引了，那上面标出的价格简直就是天价。

"老板，这只鹦鹉为什么能卖500块钱？"王老爷子转着那只鸟笼子问。

"哦，那是因为它会说外语，而且还会两门。"老板说着，边逗鹦鹉说了几句，果然，那鹦鹉乖巧得很。

王老爷子正考虑要不要买下时，忽然看见另一只鹦鹉的标价是 1000 块钱。"哇，这只要 1000 啊，"他惊讶地说道，"那它肯定会四门外语了？"

"对对对。"老板立刻赔笑说道。

王老爷子围着这两只鸟转了转，正在下决心之际，忽然发现旁边还有一只鹦鹉，竟然标价 2000 块钱。可是那只鸟长得实在是太丑了，不仅老掉了牙，还毛色灰暗，乱蓬蓬的。

"天啊，这样的鹦鹉你还敢卖 2000 块钱！想必它会说八门外语了？"王老爷子瞅着那只鸟道。

"哦，不不，"老板摇了摇头，"它一门外语也不会说，只会几句咱们的本地话。"

"那为什么它卖 2000 块？"王老爷子不解地问。

"因为，"老板分别指一指另两只鹦鹉，"这两只都管它叫老板。"

**感悟**：真正的领导，并不一定是能力最强的那一个，但他一定是最会用人的那一个。


5   放飞雄鹰

一个猎人在山中打猎时，发现了一只受伤的幼鹰。"可能是山巅鹰巢被袭击之后掉下来的吧？"猎人这样想着，便把幼鹰装进袋子带回了家。

由于幼鹰从小就生活在农户的家里，每天都与猎人养的鸡在一起啄食、嬉闹和休息，久而久之，它也具有了"鸡"性。比如它很喜欢吃青菜、谷物、青虫等，对于猎人偶尔丢给它的零碎肉片闻都不闻。也许，它始终以为自己是一只鸡吧。

几个月过去了，幼鹰渐渐长大了。眼见着它的羽翼越来越丰满，猎人很想把它训练成猎鹰，可是由于终日和鸡待在一起，这只鹰根本就没有飞的欲望。任凭猎人想尽办法驱赶它甚至打它，它都飞不起来。

想来想去，猎人灵机一动有了办法。他带着鹰爬到了山顶，先让它看了看下面深不见底的悬崖，然后猛地将它扔了出去。看小鹰像块石头似的径直坠了下去，猎人一点也不担心。果然，一两秒之后，半山中就传来了凄厉的鹰叫声，随后，那只慌乱拍打着翅膀的鹰便出现了，它终于飞了起来。

**感悟：**龙予水，虎予山，方谓管理人才的最高境界。

### 6 沙子和珍珠

有一个自以为是的年轻人，大学毕业以后一直找不到理想的工作，他觉得自己怀才不遇，对社会感到非常失望。痛苦绝望之下，他来到大海边，打算就此结束自己的生命。

这时，正好有一位老人从这里走过，老人问他为什么要走绝路，他说自己得不到别人和社会的承认，没有人欣赏并且重用他。

老人从脚下的沙滩上捡起一粒沙子，让年轻人看了看，然后就随意地扔在了地上，对年轻人说："请你把我刚才扔在地上的那粒沙子捡起来。"

"这根本不可能！"年轻人说。

老人没有说话，从自己的口袋里掏出一颗晶莹剔透的珍珠，也是随意地扔在了地上，然后对年轻人说："你能不能把这颗珍珠捡起来呢？"

"当然可以啦！"

**感悟：**千万不要做一个自己没有实力而怪别人不重用你的人。

7  会说外语的猫

从前，有一富户人家，粮仓里的粮食总是被老鼠偷吃，于是主人就逮了一只猫，来保护粮食不被老鼠偷吃。

夜深人静的时候到了，老鼠们开始出来觅食，一只经验丰富的老鼠悄悄爬出洞口观察敌情，没有发现异常，于是就带领兄弟姐妹跑了出来，却不知猫早已不动声色地躲了起来。

就在它们赶往粮仓的路上，猫突然出现了，老鼠一看不对，跑回洞里再也不敢出来了。时间一分一秒过去了，老鼠突然听到洞口有狗叫的声音，凭它们的经验，有狗叫的地方一定没有猫，经过一番商量后，他们小心翼翼地爬出了洞口。

不料刚出来就被猫抓住了，老鼠死不甘心就问猫道："我明明听到的是狗叫声，怎么会是你在洞口？""21世纪了，你还凭经验吃饭，你不死谁死。"猫掐着老鼠的脖子回答。

**感悟：**经验代表过去，能力代表现在，知识才能代表未来。

8  关键的一脚

许多年前，某国国王有个貌如天仙的女儿。国王对小女儿甚是珍爱，连选婿都完全顺从了她的意思—她说自己一定要嫁一位勇敢无比的大英雄。当国王问女儿怎么证明对方是英雄时，美丽的公主在父王耳边"如此如此"地交待了一番。

到了选婿这一天，国内所有符合标准的少年都按时赶往了皇宫，但当来到指定的场地时，大家都愣住了—挑选驸马的场地，居然设在一个大水潭旁边，而潭中则养有一只硕大无比的鳄鱼。此刻，已经饥饿数日的鳄鱼正张着血盆大口等待着丰盛的午餐。

不用说，人们都明白了游戏的规则：谁敢跳入潭中，游过潭水到达对岸，谁就是所谓的"英雄"，而那个率先登岸的英雄，就是公主所要的驸马。

国王宣布开始以后，所有的小伙子都犹豫了。虽然他们都很喜欢貌美如花的公主，但谁也不想因此丢掉性命。正当大家面面相觑、尴尬无比时，一位勇士忽然从人群中闪出，想都不想便"扑通"一声跳入了潭中，并且在鳄鱼回过神来之前，如箭一般游过潭水，迅速爬上了对岸。大喜过望的国王一边站起身来迎接这位准女婿，一边迫不及待地问道："年轻人，请告诉我，是什么力量使你有如此的胆识呢？"

"我怎么知道！"年轻人气急败坏地喊着，不住地左顾右盼，"我必须要搞清楚，刚才到底是哪个家伙把我踹进潭里的……"

**感悟：** 感谢把你推下水的人吧，或许他就是你生命中的贵人。

### 9　老鼠的危机

老鼠掉进了半满的米缸，意外让它喜不自禁。确定没有危险后，它便开始了在米缸里吃了睡、睡了吃的生活。很快，米缸就要见底了，可它终究还是摆脱不了大米的诱惑，继续留在缸里。最后，米吃完了它才发现，跳出去只是梦想，一切都已无能为力了。

**感悟：** 我们的生活看似平坦，其实处处是危机

10　青蛙跃龙门

一只小青蛙厌倦了常年生活的小水沟，水沟的水越来越少，它已经没有什么食物了。小青蛙每天都不停地蹦，想要逃离这个地方。而它的同伴整日懒洋洋地蹲在浑浊的水洼里，说："现在不是还饿不死吗？你着什么急？"终于有一天，小青蛙纵身一跃，跳进了旁边的一个大河塘，那里面有很多好吃的，它可以自由游弋。

小青蛙呱呱地呼唤自己的伙伴："你快过来吧，这边简直是天堂！"但是它的同伴说："我在这里已经习惯了，我从小就生活在这里，懒得动了！"不久，水沟里的水干了，小青蛙的同伴活活饿死了。

**感悟：**不挣脱思维的桎梏，你就不知道身边的危机和外面的精彩。

11　种子的命运

两粒种子躺在泥土里，一起在温暖的泥土里度过了寒冷的冬天。春天到了，其中一粒种子为了破土而出努力吸收水分、发芽并勇敢地向上生长，它想成为有用之材。而另一粒种子却想："我若吸收水分，就会把外衣涨破，我就失去了保护；我若向下扎根，也许会碰上岩石；向上生长，泥土这样厚，也许会把我的茎弄伤，无论怎样，都让我害怕。"

于是它心甘情愿地待在泥土里。几天后，它被一只刨食的母鸡从泥土里翻出来吃掉了。而向上生长的种子最后长成了一棵挺拔的大树。

**感悟：**有时候最安全的地方也是最危险的地方，满足现状才是最大的陷阱。

### 12 牛与蜘蛛

一天，牛躺在树荫下休息，看着身后刚耕完的一大片地，很有成就感！他看到了墙角的蜘蛛，一向沉稳的牛大哥也忍不住炫耀一下。

他对蜘蛛说："蜘蛛妹，你每天就守着巴掌大的网，你看看我，又耕了好大的一块地啊！"蜘蛛回头看了一眼牛大哥身后肥沃的土地，意味深长地回答道："尊敬的牛大哥，我很佩服你的勤劳，可是你想过吗，您辛辛苦苦耕耘一生，到底哪一块地是属于您自己的呢？我虽然守着巴掌大的天地，可是不管我在还是不在，每个角落的网都在粘蚊子呀！这就是我不需要工作，依然会有持续不断的收入，牛大哥，你停止工作了，还会有收入吗？今天你再牛，离开别人的土地你又得从头开始！"

**感悟：**只有建立自己的网络和团队，整合成为自己的资源才有属于自己的一片天地。

### 13 创业与打工

一天，儿子不解地问爸爸："西游记中，孙悟空大闹天宫的时候，所有神仙都打不过他，为啥取经路上，连个妖精都打不过，还经常要神仙来降妖？"

老爸深吸一口烟说："等你工作了就明白了，大闹天宫时，孙悟空碰到的都是给玉帝打工的，出力但不玩命；西天取经时，孙悟空碰到的都是自己出来创业的，个个都玩命！"

"噢，原来是这样的。"儿子明白了。

感悟：凡事全命以付才能获得成功。

## 第十章

# 理解与包容（一张邮票）

　　紫罗兰把它的香气留在那踩扁了它的脚踝上。

## 1  颜回学艺

颜回爱学习，德行又好，是孔子的得意门生。一天，颜回去街上办事，见一家布店前围满了人。他上前一问，才知道是买布的跟卖布的发生了纠纷。

只听买布的大嚷大叫："三八就是二十三，你为啥要我二十四个钱？"颜回走到买布的跟前，施一礼说："这位大哥，三八是二十四，怎么会是二十三呢？是你算错了，不要吵啦。"

买布的仍不服气，指着颜回的鼻子说："谁请你出来评理的，你算老几？要评理只有找孔夫子，错与不错只有他说了算！走，咱找他评理去！"

颜回说："好。孔夫子若评你错了，怎么办？"买布的说："评我错了输上我的头。你错了呢？"

颜回说："评我错了输上我的冠。"二人打着赌，找到了孔子。

孔子问明了情况，对颜回笑笑说："三八就是二十三哪！颜回，你输啦，把冠取下来给人家吧！"

颜回从来不跟老师顶嘴。听孔子评他错了，就老老实实摘下帽子，交给了买布的。那人接过帽子，得意地走了。

对孔子的评判，颜回表面上绝对服从，心里却想不通。他认为孔子已老糊涂，便不想再跟孔子学习了。

第二天，颜回就借故说家中有事，要请假回去。孔子明白颜回的心事，也不挑破，点头准了他的假。颜回临行前，去跟孔子告别。孔子要他办完事即返回，并嘱咐他两句话："千年古树莫存身，杀人不明勿动手。"

颜回应声"记住了"，便动身往家走。路上，突然风起云涌，雷鸣电闪，眼看要下大雨。颜回钻进路边一棵大树的空树干里，想避避雨。他猛然记起孔子"千年古树莫存身"的话，心想，师徒一场，再听他一次话吧，就从空树干离开。他刚离开不远，一个炸雷，把那棵古树劈个粉碎。

颜回大吃一惊："老师的第一句话应验啦！难道我还会杀人吗？"颜回赶到家，已是深夜。

他不想惊动家人，就用随身佩带的宝剑，拨开了妻子住室的门栓。颜回到床前一摸，啊呀呀，南头睡个人，北头睡个人！

他怒从心头起，举剑正要砍，又想起孔子的第二句话"杀人不明勿动手"。他点灯一看，床上一头睡的是妻子，一头睡的是妹妹。

天明，颜回又返了回去，见了孔子便跪下说："老师，您那两句话，救了我、我妻和我妹妹三个人哪！您事前怎么会知道，要发生的事呢？"

孔子把颜回扶起来说："昨天天气燥热，估计会有雷雨，因而就提醒你'千年古树莫存身'。你又是带着气走的，身上还佩带着宝剑，因而我告诫你'杀人不明勿动手'。"

颜回打躬说："老师料事如神，学生十分敬佩！"

孔子又开导颜回说："我知道你请假回家是假的，实则以为我老糊涂了，不愿再跟我学习。你想想：我说三八二十三是对的，你输了，不过输个冠；我若说三八二十四是对的，他输了，那可是一条人命啊！你说冠重要还是人命重要？"

颜回恍然大悟，"扑通"跪在孔子面前，说："老师重大义而轻小是小非，学生还以为老师因年高而欠清醒呢，学生惭愧万分！"

从这以后，孔子无论去到哪里，颜回再没离开过他。

**感悟**：争赢了道理，输掉了感情。赢就是输，输就是赢。

## 2　禅师的包容

相传古代有位老禅师，一天晚上看见墙角边有一张椅子，想到肯定是哪位出家人违犯寺规越墙出去溜达了。老禅师没有声张，走到墙边，移开椅子，就地而蹲。过了一会儿，果真有一小和尚翻过墙，黑暗中踩着老禅师的背脊跳进了院子。当他发觉刚才踏的不是椅子，而是自己的师傅时，惊慌失措，张口结舌。但师傅并没有厉声责备他，只是以平静的语调说："夜深天凉，快去多穿一件衣服。"从此再也没有人违犯寺规越墙而出。

**感悟**：**"低姿态"的包容往往比"高姿态"的指责更触动人心。**

## 3　妻子的宽容

有这样一对夫妻，丈夫很爱玩，结婚后也没有改掉爱玩的天性。有次半夜了，丈夫没有回家，打电话听到对方劝酒声，老婆停顿一下，只是说了一句："你早点回家，我很担心你。"

没过多久，丈夫忐忑不安地回到家，身上还带着酒味，他准备了一堆解释的理由，老婆不但没有怪他，还笑着说："老公你回来了，快点洗洗睡吧，都累了一天了。"顿时，老公就像被释放的罪犯一样，兴奋地跪到妻子面前说："老婆，这是我这个月的工资，全部给你，还有你商场里喜欢的东西，我明天陪你一起去买。"

**感悟**：**原谅别人的过错，有时比批评更管用。**

天下华人是一家

### 4　善意的提醒

有一次，日本著名歌舞大师勘弥要参加一场演出，他要扮演一位古代的徒步旅行者。正当他要上场时，一位学生提醒他说："师傅，您的鞋带松了。""谢谢你的提醒。"说着，勘弥立刻蹲下，系紧了鞋带。

然而当他走到学生看不到的舞台入口处，却又蹲下，把刚才系紧的带子松开了，原来他正是要以草鞋带子的松垮，来表现这个徒步旅行者的疲惫。

正巧，有位记者看见了这一幕，等演完戏后，记者问勘弥："你为什么不当时指责学生呢，他是不是不懂得演戏的真谛呀？"

勘弥回答说："要教导学生演戏技能的机会多的是，别人的亲切关爱与好意必须坦然接受，尤其在今天的场合。"

**感悟：**生活中我们要以感恩的心去接受别人的提醒，并给予回报。

### 5　包容他人的四句箴言

一位年轻的慈善家，向一位得道高僧请教。

他问："我如何才能变成一个自己愉快，也能够给别人愉快的人呢？"

高僧笑着望着他说："孩子，在你这个年龄有这样的愿望，已经是很难得了，很多比你年长很多的人，从他们问的问题本身就可以看出，不管给他们多少解释，都不可能让他们明白真正的道理，就只好让他们那样好了。"

年轻慈善家满怀虔诚地听着，脸上没有流露出丝毫得意之色。

高僧接着说："我送给你四句话。第一句话是，把自己当成别人，你能说说这句话的含义吗？"

年轻的慈善家回答说："是不是说，在我感到痛苦忧伤的时候，就把自己当成是别人，这样痛苦就自然减轻了，当我欣喜若狂之时．把自己当成别人，那些狂喜也会变得平和中正一些？"

高僧微微点头，接着说："第二句话是，把别人当成自己。"

年轻的慈善家沉思一会儿，说："这样就可以真正同情别人的不幸，理解别人的需求，并且在别人需要的时候给予恰当的帮助。"

高僧两眼发光，继续说道："第三句话是，把别人当成别人。"

年轻的慈善家说："这句话的意思是不是说，要充分地尊重每个人的独立性，在任何情形下都不可侵犯他人的核心领地？"

高僧哈哈大笑："很好，很好，这一点是世俗间人们最容易遗忘的一件事！因人们往往妄想着要去改变别人，却在无意间伤害到对方……"

高僧说的第四句话是：把自己当成自己。"这句话理解起来太难了，留着你以后慢慢品味吧。"

年轻的慈善家说："这句话的含义，我是一时体会不出，但这四句话之间就有许多自相矛盾之处，我用什么才能把它们统一起来呢？"

高僧说："很简单，用一生的时间和经历。"

**感悟**：您能理解这四句话的含义吗？那就用一生的时间和经历慢慢品味吧！

6 楚王宴臣

春秋时期，楚庄王有一次和群臣宴饮。大家高兴，一直吃到晚上，正当大家喝酒喝得酣畅淋漓的时候，突然一阵风吹来，灯被吹灭了。这时楚庄王身边的美姬"啊"地叫了一声，楚庄王问："怎么回事？"美姬小声地对楚庄王说："大王，刚才有人趁灯灭时非礼我。我就顺手扯断了他帽子上的系缨，你赶快叫人点灯，抓住那个人。"楚庄王听了后，大声地说："今天大家和我一起喝酒，如果不扯断系缨，说明他没有尽兴。"于是群臣一百多人，马上都扯断了系缨，热情高昂地继续饮酒，最后君臣尽兴而散。过了不久，楚国和晋国打仗，有一位将军常常冲到最前面，勇猛无敌。

战争胜利后，庄王忍不住问他："我平时对你并没有特别的恩惠，你打仗为何如此的卖力呢？"将军回答说："我就是那天夜里被美姬扯断系缨的人。"

**感悟**：给别人一个台阶下来，给自己一个台阶上去。

7 一张邮票

在美国的一次经济大萧条中，90%的中小企业都倒闭了，一个名叫克林顿的人开的齿轮厂的生意也一落千丈。克林顿为人慷慨大方，交了许多朋友，并与客户保持着良好的关系。在这举步维艰的时刻，克林顿想要找那些朋友、老客户出出主意、帮帮忙，于是就写了很多信。可是，等信写好后他才发现：自己连买邮票的钱都没有了！

这也提醒了克林顿：自己没钱买邮票，别人的日子也好不到哪里去，怎么会舍得花钱买邮票给自己回信呢？可如果没有回信，谁又能帮助自己呢？

于是，克林顿把家里能卖的东西都卖了。用一部分钱买了一大堆邮票，开始向外寄信，还在每封信里附上两美元，作为回信的邮票钱，希望大家给予他指导。他的朋友和客户收到信后，都大吃一惊，因为两美元远远超过了一张邮票的价钱。每个人都被感动了，他们回想起了克林顿平日的种种好和善举。

不久，克林顿就收到了订单，还有朋友来信说想要给他投资，一起做点什么。克林顿的生意很快有了起色。在这次经济大萧条中，他是为数不多站住脚而且有所成就的企业家。

**感悟：**换位思考，逆向行动。做别人想不到的，得别人得不到的。


8　学会倾听

一位母亲问她五岁的儿子："如果妈妈和你一起出去玩，我们渴了，又没有带水，而你的小书包里恰巧有两个苹果，你会怎么做呢？"儿子歪着脑袋想了一会儿说："我会把两个苹果都咬一口。"可想而知，那位母亲有多么的失望。她本来想像别的父母一样，对孩子训斥一番，然后再教孩子怎样做，可就在话即将说出口的那一刻，她忽然改变了主意。母亲摸摸儿子的小脸，温柔地问："能告诉妈妈，你为什么要这样做呢？"儿子眨眨眼睛，一脸童真地说："因为……因为我想把最甜的一个给妈妈！"霎时，母亲的眼里充满了泪花……

**感悟：**多一点耐心，少一点误解，学会倾听是一种能力。

## 9 位思考

一只小猪、一只绵羊和一头乳牛，被关在同一个畜栏里。有一次，牧人捉住小猪，它大声嚎叫，猛烈地抗拒。绵羊和乳牛讨厌它的嚎叫，便说："他常常捉我们，我们并不大呼小叫。"小猪听了回答道："捉你们和捉我完全是两回事，他捉你们，只是要你们的毛和乳汁，但是捉住我，却是要我的命呢！"

**感悟：**立场不同、所处环境不同，感受就不一样。

## 10 国王的女儿

有一个国王，他有七个女儿，这七位美丽的公主是国王的骄傲。她们的美貌无人可比，她们那一头漂亮长发更是妇孺皆知，国王为了打扮七位公主，送给每个公主一百个漂亮发夹。

每天早上，公主们醒来都会梳妆打扮，用那一百只漂亮的发夹整理她们的秀发。

一天早上，大公主醒来，梳洗的时候发现自己少了一个发夹，于是她偷偷进入二公主的房间，拿走了一只发夹。二公主醒来后也发现少了一只发夹。于是就跑到三公主那里拿走了三公主的一只发夹。随后三公主从四公主那里拿走了一只发夹，四公主、五公主也做出了同样的举动。最后，六公主从七公主那里拿走了一只发夹。

这样，七公主就只剩下九十九只发夹。第二天，一位英俊的王子来到王宫，他对国王说道："昨天我的百灵鸟叼回了一只发夹，我想这一定是公主丢的，不知道是哪位公主掉的发夹，这真是一种美妙的缘分啊。"

公主们听到王子这样说，心里都在想：发夹是我掉的。是我掉的。但是她们头上都有一百只完整的发夹，因此她们只能面对着英俊的王子懊恼不已。七公主站起来说道："我掉了一只发夹！"话音刚落，一头漂亮的长发因为少了一只发夹全部散落下来，王子不由得为这美丽的风景惊叹。故事的结局当然就是英俊的王子和美丽的七公主幸福地生活在一起了。

**感悟：**上帝向你索取一些东西的时候，必定会赐予你另一些东西。

11　指责的结果

在动物王国的某公司里，狮子经理上任的第一天，便把前任经理的秘书斑马小姐叫到办公室，说："你本来身体就够胖的，还成天穿着花条纹衣服，一点气质都没有，这样下去有损我们公司的形象。如果你还想当办公室秘书，就得换衣服来上班。"

"可是，我……"斑马小姐刚开口解释，狮子经理便恼怒地一挥手，斑马小姐只好含泪离开了办公室。

狮子又叫来业务员黄鼠狼，并对它说："你是业务骨干，为了体面地面对客户，从今天起，你不准放臭屁。"

"可是，我……"黄鼠狼刚要解释，狮子经理不耐烦地一挥手，黄鼠狼只好委屈地离开了办公室。

狮子又叫来会计野猪，嫌它獠牙太长。

第二天狮子刚走进公司大门，发现公司里冷冷清清，原来公司的员工集体辞职不干了。

**感悟：**指责会使你成为"孤家寡人"

# 第十一章

# 习惯与改变（选班花）

给思维插上创新的翅膀，你会飞得超乎想象。

## 1　乌鸦搬家

一只鸽子在飞回森林的路上遇到了一只搬出森林的乌鸦，鸽子问："乌鸦妹妹你为什么从美好的森林里搬出来？"乌鸦妹妹哽咽道："哥哥，其实我也不想走，但是当我和大家说话、交朋友时森林里的伙伴都很讨厌我，甚至来森林玩的孩子还用弹弓伤害我。可能这里并不欢迎我，我只有搬去其他地方了。"鸽子告诉乌鸦："别白费力气了，妹妹！如果你不改变声音，飞到哪里都不会受欢迎的。"

**感悟**：如果你希望一切都能变得更加美好，就从改变自己开始。

## 2　耕牛与野牛

小牛出生时，正是寒冬季节，它天天悠闲地和妈妈一起享受着主人的款待。春耕季节来临时，小牛才发现自己的生活并非像想象中那么轻松自在。只见妈妈被主人用缰绳死死地勒住，一边汗流浃背地干着活，一边挨着主人手中不断作响的皮鞭。看到这里，小牛难过极了，它问："妈妈，世界这么大，我们为什么不逃走呢，干嘛要受这份苦呢？"妈妈一边挥汗如雨，一边答道："孩子，自从咱吃了人家的东西，就注定了要为人家干活，这可是祖祖辈辈留下来的传统和规矩啊。"

小牛不忍再看妈妈受罪，便跑到别处去玩了。跑着跑着，它便来到了大草原上，正好看到一只野牛在自由自在地吃着刚发芽的青草，悠然自得地享受着明媚的阳光。

"咦，你为什么不用辛苦地耕地和挨皮鞭呢？"小牛奇怪地问道。"逃出来之前，我过得也是那样的生活，因为我吃的是人家的东西。"野牛回答说。这一下，小牛更奇怪了："你为什么要逃出来呢？"

"既然挨鞭子的前提是吃人家的东西，那不吃不就可以不挨了吗？所以我就逃了出来。你看，现在我不也过得挺好吗？"野牛一边悠闲地嚼着美味的青草，一边答道。

**感悟：**人生在哪里不重要，想生活在哪里才重要。

### 3　我叫陈阿土

陈阿土是台湾的农民，从来没有出过远门。攒了半辈子的钱，终于参加一个旅游团出了国。

国外的一切都是非常新鲜的，关键是，陈阿土参加的是豪华团，一个人住一个标准间。这让他新奇不已。

早晨，服务生来敲门送早餐时大声说道："Good morning sir！"

陈阿土愣住了。这是什么意思呢？在自己的家乡，一般陌生的人见面都会问："您贵姓？"

于是陈阿土大声叫道："我叫陈阿土！"

如是这般，连着三天，都是那个服务生来敲门，每天都大声说："Good morning sir！"而陈阿土也答："我叫陈阿土！"亦大又一天的早晨，服务生照常来敲门，门一开，陈阿土就大声叫道："Good morning sir！"

与此同时，服务生叫的是："我叫陈阿土！"但他非常的生气。这个服务生也太笨了，天天问自己叫什么，告诉他又记不住，很烦的。终于他忍不住去问导游，"Good morning sir"是什么意思，导游告诉了他，天啊！真是丢脸死了。

陈阿土反复练习"Goodmorningsir！"这个词，以便能体面地应对服务生。

**感悟：**

在这个社会上，不是你影响他，就是他影响你，而我们要想成功，一定要培养自己的影响力，只有影响力大的人才可以成为最强者。


4  难解的结

古罗马时代，一位预言家在一座城市内设下了一个奇特难解的结，并且预言，将来解开这个结的人必定是亚细亚的统治者。长久以来，虽然许多人勇敢尝试，但是依然无人能解开这个结。

当时身为马其顿将军的亚历山大，也听说了关于这个结的预言，于是趁着驻兵这个城市之时，试着去打开这个结。

亚历山大连续尝试了好几个月，用尽了各种方法都无法打开这个结，真是又急又气。

有一天，他试着解开这个结又失败后，恨恨地说："我再也不要看到这个结了。"

当他强迫自己转移注意力，不再去想这个结时，忽然脑筋一转，他抽出了身上的佩剑，一剑将结砍成了两半儿一结打开了。

**感悟：**勇敢地跳出思想的绳索，打开心结。过后会发现，事情实际上没有看到的和想象中的那么困难。积极一点，什么都会给你让路。


5  习惯

父子俩住山上，每天都要赶牛车下山卖柴。老父亲较有经验，坐镇驾车，山路崎岖，弯道特多，儿子眼神较好，总是在要转弯时提醒道："爹，转弯啦！"

有一次父亲因病没有下山，儿子一人驾车。到了弯道，牛怎么也不肯转弯，儿子用尽各种方法，下车又推又拉，用青草诱之，牛一动不动。

到底是怎么回事？儿子百思不得其解。最后只有一个办法了，他左右看看无人，贴近牛的耳朵大声叫道："爹，转弯啦！"

牛应声而动。

**感悟**：牛用条件反射的方式活着，而人则以习惯生活。一个成功的人晓得当好的习惯积累多了，自然会有一个好的人生。

## 6　鲨鱼的故事

曾有人做过实验，将一只最凶猛的鲨鱼和一群热带鱼放在同一个池子，然后用强化玻璃隔开。最初，鲨鱼每天不断冲撞那块看不到的玻璃，奈何这只是徒劳，它始终不能过到对面去。而实验人员每天都放一些鲫鱼在池子里，所以鲨鱼也没缺少猎物，只是它仍想到对面去，想尝试那美丽热带鱼的滋味，每天仍是不断地冲撞那块玻璃。它试了每个角落，每次都是用尽全力，但每次也总是弄得伤痕累累，有好几次都浑身破裂出血。持续了好一些日子，每当玻璃一出现裂痕，实验人员马上加上一块更厚的玻璃。

后来，鲨鱼不再冲撞那块玻璃了，对那些斑斓的热带鱼也不再在意，好像它们只是墙上会动的壁画。它开始等着每天会固定出现的鲫鱼，然后用它敏捷的本能反应进行狩猎。

实验到了最后的阶段，实验人员将玻璃取走，但鲨鱼却没有反应，每天仍是在固定的区域游着。它不但对那些热带鱼视若无睹，甚至当那些鲫鱼逃到那边去，他也立刻放弃追逐，说什么也不愿再过去。

**感悟：**成功属于在多次的挫折、打击和失败之后，继续勇敢追求的你。


### 7　砌墙者

某成功学大师正在做一项关于"心态与命运"的调研。这天，他来到了一个建筑工地，分别问了几位建筑工人同一个问题。

"你在干什么？"他问一位正在砌墙的工人。

"难道你看不见吗？我在砌墙。"那位工人白了他一眼，没好气地回答道。显然，对方是在嫌他耽误了自己的工作。

成功学大师笑笑，又走到另一位砌墙工人的身边问道："你在干什么？"

那人满脸诧异地看了他一眼，然后用手比画着已经粗具规模的大楼道："我们在盖一座高楼啊！"

这两个人的回答令大师很是失望，但当他转身欲走时，一阵歌声吸引了他。在忙得焦头烂额的建筑工地上，居然还有人忙里偷闲唱歌！大师满腹狐疑地寻着歌声找了过去，唱歌的原来是一位目光炯炯的年轻人。只见他麻利地砌着砖，同时哼着已经不再流行的老歌。

"你在干什么？"大师又问了他同一个问题。

"我们正在建设一座新城市。"这个人声调明快地答道。

十年之后，成功学大师又因为某一课题来到了此建筑工地进行调研。凑巧的是，他发现一件非常令他震撼的事情：十年前的那几个人，第一个还在工地上砌墙，第二个成了图纸设计师，而第三个，已经成了他们两个人的老板。

**感悟：**没有任何一件小事毫无意义，你手头的小工作也许正是大事业的开始。能否意识到这一点，决定了你以后能否成就一番大事业。

## 8　开门事件

这家电影院地处繁华地带，每天都会有很多男男女女来这里看电影。

一天下午，不知什么原因，电影院里突然起火了。顿时，所有的人都慌了起来。可是由于大家都是当地人，对这里非常熟悉，都知道此电影院只有一个大门，因此他们一股脑儿地朝着那扇唯一的大门跑去。

因为工作人员也没有料到会突然起火，所以大门还是像往常一样锁着，只有一侧的小门是开着的。可能是由于太恐惧了吧，人们你推我搡，跑出去的人居然没有几个。其实，当时电影院管钥匙的值班人员离大门并不远，但他就是挤不到门前去。不过应该说明的是，即使他开了锁，门也照样会打不开，因为门是朝里开的，而里面的人根本不想后退半步。

眼看着火势越来越大，人们却还在拥挤着，出去的人尚不足一百个。绝望之下，落在后面的好多人开始大哭了起来，情况十分危险。

"大家注意，大家注意，幕布后面还有一扇更大的门，快向那边跑啊。"突然，不知是谁喊了这么一声。立刻，人们掉头向幕布后面跑去，可是等跑到那里一看，哪里有什么门，根本就只有一堵坚如铁壁的墙嘛！于是，人们一边焦急地咒骂，一边又掉头跑了回来。

上述整个过程大概有两分钟，可就是这不长的两分钟，为值班人员赢得了宝贵的开门机会。等到大家又拥到这边时，大铁门已经被打开了。结果不到十分钟，人们便都跑了出去。四五百人，无一伤亡。

**感悟：**使你摆脱困境的那扇门，也许正需要你后退一步才能敞开。


9 反常的方法

一个刚退休的老人回到老家——在一个小城买了一座房子住下来，想在那儿安静地打发自己的晚年，写些回忆录。

刚开始的几个星期，一切都很好，安静的环境对老人的精神和写作很有益。但有一天，三个半大不小的男孩子放学后开始来这里玩，他们把几只破垃圾桶踢来踢去，玩得不亦乐乎。

老人受不了这些噪音，于是出去跟小青年们谈判。"你们玩得真开心，"他说，"我很喜欢看你们踢桶玩，如果你们每天来玩，我给你们三人每天每人一块钱。"三个小青年很高兴，更加起劲地表演他们的足下功夫。

过了三天，老人忧愁地说："通货膨胀使我的收入减少了一半，从明天起，我只能给你们五毛钱。"

小青年们很不开心，但还是答应了这个条件。每天下午放学后，继续去进行表演。一个星期后，老人愁眉苦脸地对他们说："最近没有收到养老金汇款，对不起，每天只能给你们两毛了。"

"两毛钱？"一个小青年脸色发青，"我们才不会为了区区两毛钱浪费宝贵时间为你表演呢，不干了。"

从此以后，老人又过上了安静的日子。

**感悟：**事情是个圆，有时抓住心理，利用逆向思维可以巧妙到达圆点。

10　如此减肥法

最近几年，这个男人的体重一直在疯狂飙升，随着各种肥胖并发症的出现，他终于决定减肥了。

他找到医生，问有什么好办法，但是坚决拒绝不健康的减肥法，免得瘦下去却招来病。

医生想了想，让他先回家去等，说第二天早晨自会有减肥专家亲自去指导。

第二天一大早，门铃就响了。他打开门一看，一位性感十足的漂亮女郎站在门外说："我是医生派给您的减肥顾问，如果你能追上我，我就是你的。"

胖男人喜出望外，立刻跟在女郎后面狂追起来，但是他实在太胖了，怎么也无法迅速起来。

眼看着那诱人的女郎越来越远，胖男人更加玩命地追起来。

这样的游戏一直持续了几个月，不知不觉中，胖男人已经变成了身手敏捷的健壮男人，只见他精神抖擞，面庞英俊，成了一个标准的美男子。

某天早晨，美男子洗漱完毕静候女郎的到来，他想今天一定能把她追到手了。

正想着，门铃响了，他喜不自禁，打开门一看，不是那位女郎，而是一位胖到极点的丑女人。

丑女人说："医生告诉我，如果我能追到你，你就是我的。"

美男子一听，慌不迭地向前跑去。

**感悟：**

惯性思维中，坚持往往是一个困难的过程，转换一下思路，试试偷换目标，你便会很容易忘记艰苦，享受乐趣。

## 11 幸福在哪里

草原上有对狮子母子。小狮子问母狮子："妈妈，幸福在哪里？"母狮子说："幸福就在你的尾巴上。"于是小狮子不断地追着尾巴跑，但是始终咬不到。母狮子笑道："傻瓜！幸福不是这样得到的，只要你昂首向前走，幸福就会一直追随着你！"

**感悟**：刻意地追寻，不如勇敢地往前走，成功会有多远呢。

## 12 选班花

女生公开投票选班花，相貌平平的小梅演讲时说："如果我当选，再过几年，在座的姐妹可以向自己的先生骄傲地说，'我上大学时，比班花还漂亮！'"结果，她全票当选！

**感悟**：说服别人支持你，不一定要证明你比别人优秀，而是要让别人觉得，因为有你，他们才能变得更优秀，更有成就感。

## 13 推销员的故事

有一家皮鞋公司有两位营销能力出色的员工，老板想从他们中挑选一位担任营销部经理，但是不知道选择哪个。一天，老板叫来其中一位营销员，对他说："公司交给你一个艰巨的营销任务，把皮鞋推销给非洲一个岛上的居民。"

这个营销员去了之后，发现这里的人们根本不穿鞋，就打电话给老板："老板，并不是我不努力，而是这里的人根本不穿鞋。没办法向他们推销鞋子。"老板说："那你回来吧！"这个营销员回来之后，老板让另一位营销员再次前往那个非洲小岛。另一位营销员来到小岛之后，发现当地的人根本不穿鞋子，高兴地打电话回来说："老板，这下我们公司要发大财了，因为这里的人们都不穿鞋，只要能让他们意识到穿鞋的重要性，我们就能向这里销售大量的鞋子啦！"

老板高兴地说："很好，你就按自己的想法去宣传和推广鞋子吧，我在公司等你的好消息。"

三个月之后，这位营销员回来了，带着一笔巨额的销售订单回来了，迎接他的是他将"被晋升为公司营销部的经理"。

**感悟：**作为一名市场开发者，不但要抓住顾客的需求，同时还要学会制造需求。

## 第十二章

# 相信与奇迹（青蛙爬楼）

不相信奇迹的人永远都不会创造奇迹。

## 1  走钢丝

他是一名杂技高手。那次，他表演的是在两座山之间的一条钢丝上行走，这场演出吸引了成千上万的观众。

演出开始，他走到悬于山间的钢丝的一端，眼睛注视着前方的目标，伸开双臂，慢慢地、一步一步地走到了对面的山上。顿时，围观的观众给予了热烈的掌声和欢呼声。

"如果把我的手绑上，你们还相信我能走过去吗？"他问观众。

其实，有些人是不相信的，但为了知道结果，他们还是大声起哄道："我们相信你。"于是，他让工作人员用绳子绑住他的双手，然后从容地走了过去。

他又环视了一遍所有的观众道："如果绑住我的双手，再把我的眼睛蒙上，你们还相信我能走过去吗？"这次人们连犹豫都没有犹豫便脱口而出："我们相信你。"

就这样，工作人员用一块黑布蒙住了他的眼睛。只见他用脚慢慢地摸索到钢丝上，一点一点地往前挪着。这次，他又走过去了。

全场人欢呼起来。

接着，他拉过了一个孩子，问所有的人道："如果把他放到我的肩膀上，同样还是绑住双手蒙住眼睛，你们还相信我能走过去吗？"

所有的人想都没想便回答道："我们相信你。"

"真的相信我吗？"他反问观众。

"真的相信你。"观众异口同声。

"我再问一次，你们真的相信我吗？"

"相信，绝对相信你！"

于是他扫视了一下全场说："那好，既然你们都这么相信我，那就用你们的孩子换下我的这个孩子吧，有谁愿意？"杂技高手说。

一下子，全场鸦雀无声，再也没有谁说话了。这种尴尬的寂静整整持续了十分钟。

十分钟之后，杂技高手什么也没说，只是把孩子架在脖子上，沿着钢丝走了过去。当然，这次他还是成功了。

**感悟**：只有那些真正自信的人，才会在任何时候迅速做出判断。

## 2 老人与黑人小孩子

一天，几个白人小孩在公园里玩。这时，一位卖氢气球的老人推着货车进了公园。白人小孩一窝蜂地跑了上去，每人买了一个气球，兴高采烈地追逐着放飞的气球跑开了。白人小孩的身影消失后，一个黑人小孩怯生生地走到老人的货车旁，用略带恳求的语气问道："您能卖给我一个气球吗？"

"当然可以，"老人慈祥地打量了他一下，温和地说，"你想要什么颜色的？"

他鼓起勇气说："我要一个黑色的。"

脸上写满沧桑的老人惊诧地看了看这个黑人小孩，随即递给他一个黑色的气球。

他开心地接过气球，小手一松，气球在微风中冉冉升起。

老人一边看着上升的气球，一边用手轻轻地拍了拍他的后脑勺，说："记住，气球能不能升起，不是因为它的颜色，而是因为气球内充满了氢气。"

**感悟：**成就与出身无关，与信心有关。


3  谁最伟大


因为自己是只"人人喊打"的老鼠，阿格一直很自卑。一天，它从洞里爬出来，看着光芒四射的太阳说："太阳公公，你真是太伟大了！如果我能像你该有多好啊！"

太阳低头看了它一眼道："我可不伟大，乌云比我强多了。"正说着，一片乌云飘过来，把太阳盖住了。于是阿格又羡慕地对乌云道："乌云姐姐，你可真伟大，能把太阳遮住。"

"你错了，风才伟大呢。没有它，我一步都动不了。"乌云回答道。

这时，一阵风过来了，乌云立刻被吹到了一边去。阿格一看，立刻明白了似的喊道："风婆婆，你可真伟大，一口气就能把遮住太阳的乌云给吹跑。"

"我差远了，遇到你身后的墙，我就只能改变方向。"风说。

阿格惊讶地转过身去，对着墙说道："墙大哥，原来这世界上你最伟大！"

"才不是呢！"墙闷闷地答道，"我马上就要倒了，因为你的兄弟们在我脚下钻了好多的洞！"

刚说到这，只听"轰隆"一声，墙坍了。墙根处，一窝小老鼠正睁着惊奇的眼睛往外看。

**感悟：**桥上看风景的你，也是别人窗前的风景。


4  全命以赴


小白兔出去找食物，不小心碰到了带着猎狗的猎人，猎人一看到小白兔，马上跟它的猎狗说："黑子，追！"然后他对着小白兔打了一枪，却没有打准，只打着小白兔的屁股。小白兔边跑边想："这下可完了，如果被猎狗逮到，我的命就完了。"于是，不管脚下踩到什么，什么石头、刺它都感觉不到疼痛，唯一的信念就是为了逃生而拼命地跑，终于逃进了一个山洞。

小白兔家族见状就问："猎狗那么厉害，而且你又中枪了，你怎么还能够成功逃脱？"小白兔说："你知不知道啊，猎狗追我只是为了它的一顿饭，它没有追上我，充其量回家被它的老板骂，最多不给它晚饭吃；我却是为命在跑，要是被猎狗追上，我的命就没了！"

**感悟**：当一个人全命以赴去做一件事情的时候，就一定会创造奇迹！

### 5　青蛙爬楼

从前，有一群青蛙组织了一场攀爬比赛，比赛的终点是：一个非常高的铁塔的塔顶。一大群青蛙围着铁塔看比赛，准备给它们加油。

比赛开始了，老实说，群蛙中没有谁相信这些小小的青蛙会到达塔顶，它们都在议论："这太难了，他们肯定到不了塔顶！""他们绝不可能成功的，塔太高了。"听到这些，一只接一只的青蛙开始泄气了，只有几只情绪高涨的还在往上爬。群蛙继续喊着："这太难了，没有谁能爬上塔顶的！"

越来越多的青蛙累坏了，退出了比赛。但是只有一只却越爬越高，一点也没有放弃的意思。最后，其他的青蛙都退出了比赛，除了这一只，它费了很大的劲，终于成为唯一到达塔顶的胜利者。

很自然的，其他青蛙都很想知道它是怎么成功的。有一只青蛙跑上前去问那只胜利者它哪来那么大的力气爬完全程？

它发现，这只青蛙是个聋子！

**感悟：**听进去的有意无意都是影响，富有力量的正能量才能让人奋进。

### 6 狼与老太婆

饿了几天的狼出去找食物，转了半天却一无所获，正当他懊悔不已、不知如何是好时，忽听不远处的农家传来了孩子的哭声，它追着孩子的哭声跑了过去，不想那家却门窗紧闭，无机可乘。无奈之下，饿狼只好转身离去，不想那个哄孩子的老太太却忽然说了一句："还哭，还哭，你再哭，我就把你丢出去喂狼！"

饿狼一听大喜，赶紧在附近找了个隐蔽的地方躲了起来，眼睛却直直地盯着那家大门。谁知一等再等，半天过去了，老太太也没有把孩子丢出来。看看太阳就快落山了，等得不耐烦的饿狼就噌噌跑到了那家的窗户底下，看样子它是想质问一下那个老太婆为什么说话不算数。

不料它刚张开嘴，就听到老太婆在里面说："宝宝乖，不哭了，如果狼来了，阿婆就把它宰了给宝宝煮肉吃。"

饿狼一听，吓得魂飞魄散，赶紧玩命似的朝回路跑去，半路上，一只狐狸看见饿狼的慌张样子感觉很奇怪，于是问它发生了什么事。

"别提了，"饿狼惊魂未定地说道，"那边农家的老太婆说话不算数，害我饿了半天不说，反过来还要杀我煮肉吃，幸亏我跑得快，不然早就成了她碗里的晚餐了。"

**感悟：**别人信口开河，你就信以为真，这相当于把自己的命运交给别人把握。

## 7　龟兔赛跑（狗叫篇）

兔子和乌龟赛跑，兔子输了一百零八回。兔子想，这一回说什么也不能再输给你乌龟王八蛋了，于是就提前做好了充分的准备。它买了新的跑鞋，系好了鞋带，穿上运动衣，扎好了腰带，正准备出门去赛场，这时候门铃响了，"叮咚"，兔子开门一看，是条小狗。这条小狗说："兔子大哥，我来通知你一下，乌龟感冒了，今天的比赛推迟了一个小时。"兔子心想："哼，别说推迟一个小时，就是提前一个小时，他也赢不了我。"于是兔子就晚去了一个小时，刚刚走到赛场门口，就听到赛场里面锣鼓喧天，鞭炮齐鸣，因为兔子弃权，乌龟又得冠军了。

兔子冲进赛场大喊大叫："谁弃权了，我不是来了吗？""你晚来一个小时，比赛都结束了，你来还有用吗？"兔子就说："比赛不是推迟一个小时吗？""谁告诉你的？""小狗呀。"裁判说："你听狗叫唤不死定了。"

**感悟**：火车跑得快，听不到狗叫声。

## 8　狗和狼

有一天，狗问狼："你有房子、车子吗？"狼说："没有。"狗又问："你有一日三餐和水果吗？"狼说："没有。""那你有人哄你玩带你逛街吗？"狼说："没有。"

狗鄙视地说："你真无能，怎么什么都没有！"狼笑了，说："我有不吃屎的个性，我有我追逐的目标，我有你没有的自由；我是孤寂的狼，而你只是一只自以为幸福的狗。

**感悟：** 狗行千里吃屎，狼行千里吃肉

## 9 求人不如求己

某人在屋檐下躲雨，看见美女正撑伞走过。这人说："美女观音菩萨，普度一下众生吧，带我一段如何？"美女说："我在雨里，你在檐下，而檐下无雨，你不需要我度。"这人立刻跳出檐下，站在雨中："现在我也在雨中了，该度我了吧？"美女说："你在雨中，我也在雨中，我不被淋，因为有伞；你被雨淋，因为无伞。所以不是我度自己，而是伞度我。你要想度，不必找我，请自找伞去！"说完便走了。

第二天，这人遇到了难事，便去寺庙里求观音。走进庙里，才发现观音的像前也有一个人在拜，那个人长得和观音一模一样，丝毫不差。这人问："你是观音吗？"那人答道："我正是观音。"这人又问："那你为何还拜自己？"观音笑道："我也遇到了难事，但我知道，求人不如求己。"

**感悟：** 人生风雨，迷途困境，要想真正解脱，只有靠自己。

## 10 拳击比赛

一位拳击高手参加锦标赛，自信十足地认为一定可以勇得冠军。却不料在决赛时，遇到一位实力相当的对手，使他难以招架。拳击高手感觉到自己竟然找不出对方的破绽，而对方的攻击却往往能击中他的要害。

比赛结果可想而知，拳击高手惨败在对方手下。他懊悔不已地下台去找他的教练，并请求教练帮他找出对方招式的破绽。教练笑而不语，在地上画了一道线，要他在不能把线擦掉的情况下，

设法把这条线变短。拳击高手百思不得其解，最后只得放弃思考而请教教练。教练在原先那条线旁边，又画了一道更长的线，两者相较之下，原先的那条线看起来短了许多。

教练开口道："夺得冠军的重点，不在于如何攻击对方的弱点。正如地上的长短线一样，只要你自己变得更强，对方正如原先的那条线一般，也就在无形中变得较弱。"

**感悟**：人生中棋逢对手，增强自身的能力，对手才会在无形中变得弱小。

### 11 做本性的自己

一禅师见一蝎子掉到水里，决心救它。谁知一碰，蝎子蛰了他的手指。禅师无惧，再次出手，岂知又被蝎子狠狠地蛰了一次，旁有一人说："它老是蜇人，何必救它？"禅师答："蝎子蛰人是天性，而善是我的天性，我岂能因为它的天性，而放弃了我的天性。"

**感悟**：我们的错误在于，因为外界的缘故而过多地改变了

天下华人是一家

第十三章

# 了解与误解（捡垃圾的乞丐）

　　误会是因了解的欠缺，没有全面了解就做出盲目的决定是不理智的表现。

## 1 夫妻旅游

有一对外国夫妇，年过半百却膝下少欢一无儿无女。夫妇俩最大的愿望就是去一个著名的旅游胜地饱览一番大自然的美好景色。为了实现这个愿望，他们省吃俭用，辛勤劳作。在即将退休的时候，终于积攒了一笔可以去游玩的费用。为了减少开支。夫妻俩去购物店购回了廉价的面包。在一个阳光灿烂的日子里，乘一艘旅游船出发了。

一路上，夫妻俩躺在轮船最下等的船舱里，不与任何人交谈，也不肯走动。看到同船的客人去餐室里吃丰美的饭菜，吃鲜甜的水果，他们也曾垂涎欲滴，但一想到这些食物是要花费很多钱的呀，马上就打消了去吃饭的念头。他们饿了就吃随身携带的面包，渴了就喝轮船里供应的最便宜的饮料。没几天，目的地接近了，夫妻俩就向船上的侍者走过去说："我们要结账。"

侍者有些惊愕地说："结账？"

丈夫马上说："我们吃的是自己带的面包。只喝了少量的饮料，一定不会很贵吧？"

侍者马上微笑着说："先生，我们的饮料和水果以及午餐全部免费供应，难道您不知道吗？"

"啊……"夫妇俩一时都愣在那里。

**感悟：**天下也有免费的午餐！

## 2 小白兔钓鱼

第一天，小白兔去钓鱼一无所获。第二天，它又去钓鱼，还是如此。第三天它刚到，一条大鱼从河里跳出来，大叫："你要是再敢用胡萝卜当鱼饵，我就扁你。

**感悟**：给就给对方想要的，而不是给自己想给的。

### 3　剪裤子

女孩买了条裤子，一试太长，请奶奶帮忙剪短，奶奶说忙；找妈妈，也没空；找姐姐，更没空。女孩失望地入睡了。奶奶忙完家务想起小孙女的裤子，就把裤子剪短了一点；姐姐回来又把裤子剪短了；妈妈回来也把裤子剪短了，最后裤子没法穿了。

**感悟**：一件事，一个人来管，不要都管。

### 4　马虎的大夫

一天夜里，一家医院急诊接诊了一位危急病人，主治医师接到通知匆匆赶到病人身边，轻轻掀起盖在病人身上的白布，弯腰打开病人的右眼看了看又盖上了，说了一句话："瞳孔已经放大，处理后事吧。"

护士就推着病人向太平间走去，刚到太平间门口，病人的两只脚就卡在了太平间外面的门框上，他把吃奶的劲儿都使了出来，哼吟出几个字来："大夫，我的右眼是假的。

**感悟**：大夫的大意会葬送一个人的生命，机遇的错过会失去一个家族的未来。

### 5　经历大于学历

不一会儿，正所长放下钓竿，伸伸懒腰，噌噌噌从水面上如飞地走到对面上厕所。博士眼睛睁得都快掉下来了。水上飘？不会吧？这可是一个池塘啊。正所长上完厕所回来的时候，同样也是噌噌噌地从水上漂回来了。怎么回事？博士生又不好去问，自己是博士哪！

过一阵，副所长也站起来，走几步，噌噌噌地漂过水面上厕所。这下子博士更是差点昏倒：不会吧，到了一个江湖高手集中的地方？

博士生也内急了。这个池塘两边有围墙，要到对面厕所非得绕十分钟的路，而回单位上又太远，怎么办？博士生也不愿意去问两位所长，憋了半天后，也起身往水里跨："我就不信本科生能过的水面，我博士生不能过。"

只听"咚"的一声，博士生栽到了水里。两位所长将他拉了出来，问他为什么要下水，他问："为什么你们可以走过去呢？"两所长相视一笑："这池塘里有两排木桩子，由于这两天下雨涨水，它正好在水面下。我们都知道这木桩的位置，所以可以踩着桩子过去。你怎么不问一声？"

**感悟：**只有尊重经验的人，才会少走弯路。

6 黑人救火

有一个非洲的黑人，因为一笔生意，第一次来到上海。他住进了上海的一个大酒店，晚上正在洗澡，突然外边喊"失火"了，他顾不上穿衣服，光着身子就往外跑。黑人跑到酒店门口，此时消防员正举着灭火器救火，他看到一个黑乎乎的东西从酒店跑出来，吓了一大跳，仔细一看是个人："哎呀，我的妈呀，这个人都烧焦了，还跑得那么快！"

**感悟：**有时候眼睛看到的也不一定是真的。

### 7  冲动的代价

父亲在洗车，儿子拿起小石头在车门上画起来。父亲见此大怒，拿起扳手就打了下去，后来儿子被送到医院，证实手指骨折。面对父亲，儿子轻声地说："爸爸，手指会好的，不要担心了。"父亲内心无比自责，一怒之下，冲回去要把自己的爱车砸了。

**感悟**：不要因为别人无意的一把火，你就把自己烧死。

### 8  非诚勿扰

一个英国小伙上中国的《非诚勿扰》，第一个女嘉宾问他职业，他说当大兵的，几盏灯就灭了！第二个女嘉宾问他有没有房子，他说有，但是是上百年的老房子，又灭了几盏灯！第三个女嘉宾问他有没有车，他说他奶奶怕他出事只让他坐马拉的车，灯全灭了。第二天，英国《泰晤士报报道》："我英国皇室成员哈利王子参加《非诚勿扰》惨遭全部灭灯！"

**感悟**：用不完整的资料去判断，得出的结论也是片面的。

### 9  错误的决定

有一个中年男人，他的妻子在生小孩时难产死了。孩子降生之后，他既要工作又要照顾小孩。幸亏家里有一只听话的狗，所以他便把照顾小孩的任务交给了忠诚的狗。

一天，男人回家推开门，发现小孩不见了，只见狗满嘴是血。顿时，他认为是狗吃了他的孩子，于是愤怒的火烧灼着他，他抄起一把铁锹，当场把狗打死了。就在这个时候，男人听到床底下发出了孩子的哭声。男人趴下一看，发现孩子在床底，床底下还有一只满身是血的狼。当他把孩子抱出来，发现孩子安然无恙。这时男人明白了。原来狗是在与狼的殊死搏斗中身上沾满了狼血。男人非常后悔，可是一切都无法挽回。

**感悟**：冲动是魔鬼，他会让你做出错误的决定。

10　等火车

一位夫人打电话给建筑师，说每当火车经过时，她的睡床就会摇动。

"这简直是无稽之谈！"建筑师回答说，"我来看看。"

建筑师到达后，夫人建议他躺在床上，体会一下火车经过时的感觉。

建筑师刚上床躺下，夫人的丈夫就回来了。他见此情形，便厉声喝问：

"你躺在我妻子的床上干什么？"

建筑师战战兢兢地回答："我说是在等火车，你会相信吗？"

**感悟**：所相信的是眼睛，可眼睛看到的还不可信，所依据的是心，可心里揣度的仍不可依。

11　捡垃圾的乞丐

一天，一位企业家做成了一笔不小的买卖，心情非常好。他开着他的大奔在马路上兜风，忽然看见马路边的垃圾箱旁边有个年轻人提个塑料袋在掏垃圾，他就把车停在路边，仔细观看，只见这个年轻人长得眉清目秀，称得上一表人才。

这位企业家就动了恻隐之心，下车招呼年轻人过来说："年轻人，把你手上的东西扔了，上车我拉着你找个地方洗洗澡，买套新衣服换上，到我公司上班怎么样？"

　　年轻人手里提着袋子看看企业家，看看大奔，突然撒腿就跑，跑回他的朋友圈里气喘吁吁地说："朋友们，我刚才遇到一个开大奔的人，他还想骗我来着，叫我跟着他干，我是谁，我才不上他的当呢！"

　　**感悟**：读懂人难，读懂自己更难。

## 12　大海是什么

　　海浪卷走了小孩的鞋子，小孩在海滩上写下：大海是小偷。

　　另一边有个男人打捞出了一些好东西，在沙滩上写下：大海真慷慨。

　　一少年溺水身亡，他的母亲在海边写道：大海是凶手。

　　有个老翁打捞到了珍珠，便写道：大海真仁慈。

　　一个海浪冲上来抹去了所有的字。

　　**感悟**：如果你想成为大海，就不要在意他人的评判！

## 13　老虎与樵夫

　　某个夏日午后，樵夫正在深山里打柴，一只老虎忽然跑到了他身边。顿时，樵夫吓得瘫坐在了地上。不想老虎并未扑上来吃他，而是非常温顺地来到他面前，用头轻轻地碰触着他的肩膀和胳膊，然后冲他张开了嘴。樵夫疑惑不解地转过身来，大着胆朝虎口看去，哦，原来这老虎是因为刚吃掉一个妇女，被妇女头上的簪卡住了喉咙。于是，樵夫开始小心翼翼地帮老虎取那支簪。事情办完之后，老虎激动得热泪盈眶，它鞠着躬对樵夫说："樵夫大哥，您救了我的命，我以百兽之王的身份向您担保，我一定会好好地报答您。接着，它便要求与樵夫结拜为兄弟。樵夫想了想，答应了老虎。就这样，人与虎成了好朋友。

从那以后，每隔两三天，老虎都会到樵夫家里走一趟，把自己猎到的羊、鹿、兔等送给樵夫。樵夫的母亲看到之后非常担心，她劝说儿子不要与老虎为友，以防遭遇不测。而樵夫却拍拍胸脯说："母亲大人，您就放心吧，您看老虎兄弟待我们多好啊，肯定没事的。再说了，我是它的救命恩人，它总不至于伤害我吧。"

不知不觉中，夏天过去了，秋天也过去了，寒冷的冬天来临了。由于气候原因，老虎猎食越来越困难了，所以它来樵夫家的次数渐渐减少，带来的东西也越来越少了。

某天早晨，樵夫一觉醒来，发现外面厚厚地铺了一层雪。顿时，他叹起气来，作为樵夫，自己最怕的就是下雨下雪了一这么大的雪，到哪里去打柴呢？而不打柴的话，自己和老母亲吃什么呢？看来只能靠老虎兄弟送点食物来了，樵夫心想。

三天后，当樵夫和母亲饿得头晕眼花时，他的老虎兄弟果然上门了。可是还没等他反应过来，饥饿已久的老虎便扑上来把他们母子都吃掉了。

**感悟：**不要相信恶人的善语，谨防引狼入室，作为朋友的小人，往往比作为敌人的小人更会让你避之不及。

## 14　盲人摸象

从前，印度有一位国王，他养了许多大象。有一天，他正坐在大象身上游玩，忽然看见一群瞎子在路旁歇息，便命令他们走过来，问他们："你们知道大象是什么样子吗？"瞎子们同声否认道："陛下，我们不知道。"国王笑道："你们亲自用手摸一摸吧，然后向我报告。"

瞎子们赶紧围着大象摸起来。过了一会儿，他们开始向国王报告。

摸到象耳朵的瞎子说："大象同簸箕一样。"

摸到象腿的瞎子说："大象和柱子一样。"

摸到象背的瞎子说："大象好似一张床。"

摸到象尾的瞎子说："大象好似绳子。"

国王听了哈哈大笑起来。原来他们把自己摸到的某一个部分误认为是全体。

**感悟**：只有全面了解，才能得出正确结论。


15　不想要的结果

有个人一生穷困潦倒，到老时还没有讨上老婆，没房住。最后走到沙漠里渴死了。

见到上帝后，上帝问他下辈子想要什么，他想，上辈子，没房子、没老婆，还被渴死。下辈子不能再这样了。

于是他对上帝说："我下辈子要每天都要有水喝，有房住，能摸到女人的腿。"

于是，上帝把他变成了一个马桶。

**感悟**：清晰的目标，准确的定位，否则将是你不想要的结果。

## 16　小白兔买面包

小白兔蹦蹦跳跳到面包房，问："老板，你们有没有一百个小面包啊？"老板："啊，真抱歉，没有那么多。""这样啊！"小白兔垂头丧气地走了。第二天，小白兔蹦蹦跳跳到面包房，"老板，有没有一百个小面包啊？"老板："对不起，还是没有啊。""这样啊！"小白兔又垂头丧气地走了。第三天，小白兔蹦蹦跳跳到面包房，"老板，有没有一百个小面包啊？"老板高兴地说："有了，有了，今天我们有一百个小面包了！"小白兔掏出钱："太好了，我买两个！"

**感悟：**我们常常把自己的想法误认为是别人的想法。

## 第十四章

# 低调与谦卑（只写一部书）

越成熟与越丰满的稻穗头弯得越低，越成熟与越成功的人越不显露自己。

1　禅院盗贼

有一天，一个强盗突然闯进禅院，向七里禅师抢劫："快把钱拿出来，不然就要了你的老命！"七里禅师指指木柜说："钱在抽屉里，你自己拿吧，但请留下一点给我买食物。"强盗得手后正要逃走，七里禅师却叫住他，"你收了别人的东西应该说声'谢谢'才对啊！"强盗扭头随便说了句"谢谢"，便头也不回地跑了……

后来，这个强盗被捕了，衙役把他带到七里禅师面前："他交代曾抢劫过你的钱，是吗？"七里禅师说："他没有向我抢，钱是我自愿给他的，再说，他也谢过我了。"

这个人服刑期满之后，立刻来叩见七里禅师，真诚地恳求禅师收他为徒。

**感悟**：宽容别人，丰富自己。

2　求职

有一位留学美国的计算机博士，毕业后在美国找工作，结果连连碰壁，许多公司都将这位博士拒之门外。如此高的学历，如此吃香的专业为什么就找不到一份工作呢？万般无奈之下，这位博士决定换一种方法试试看。

他收起了所有的学位证明，以一种最低身份去求职。不久，他就被一家电脑公司录用，做了一名最基层的程序录入人员。这是一份稍有学历的人都不愿意去干的工作，而这位博士却干得兢兢业业，一丝不苟。没过多久，上司就发现了他出众的才华：他居然能看出程序中的错误，这绝非一般录入人员能做得到的。这时他亮出了自己的学士证书，于是，老板给他调换了一个与本科毕业生对口的工作。

过了一段时间，老板发现他在新的岗位上游刃有余，还能提出不少有价值的建议，这比一般的大学生高明。这时他才亮出自己硕士身份，老板又提升了他。有了前两次的经验，老板就注意观察他，发现他还是比一般硕士有水平，其专业知识的广度和深度都非常人可及，就再次找他谈话。这时他才拿出博士学位的证书，并叙述了自己这样做的原因。老板这时恍然大悟，毫不犹豫地重用了他。

**感悟：**处世的智慧就在于你懂不懂得放低自己，蹲下才能更高地跳起。


### 3 花开无声才最美

有一个禅师，收了一个年龄尚幼的徒弟。这小徒弟很聪明，也特别喜欢别人赞扬他。不管他有什么好的想法，做了什么好事，他都会去告诉所有的人，目的是得到别人的赞扬。他的确得到了许多人的赞扬。有一天，师傅送他一盆含苞待放的荷花，对他说："今天晚上，你观察这盆里的荷花，看它们是怎样开放的。"

小和尚很高兴，心想，一定是师傅看他最聪明，才让他观察荷花。于是，他捧回这盆荷花，整整一个晚上都全神贯注观察荷花，看到了一朵朵荷花绽放的过程。第二天一大早，他急不可待去见师傅，手舞足蹈地向师傅描述他观察到的荷花绽放的各种细节。

师傅听完，问了他一句话："花开的时候吵了你吗？"

小和尚一听，寂然无语，若有所悟。

**感悟：**最好的教育，便是让生命自然绽放，不夸饰、不炫耀、不声张。

4 只写过一部书

这是世界文学座谈会的现场，一位衣着朴素的小姐正安静地坐在角落里。她的身旁是一位匈牙利的男作家，看到相貌平平的小姐，那位男作家满脸傲气地过去搭讪。

"嗨，"他打招呼道，"你也是来参加座谈会的作家？"

"哦，是的。"小姐面带微笑，语调很是和气。

"那你都写过什么呀？"男作家问道。

"哦，我没有写过多少东西，只是写小说罢了。"小姐谦虚地答道。

"这可不行。一个伟大的作家是要什么都会写的。你知道吗？到目前为止，我已经出版了三十几部小说、七八部散文集，还有无数的诗歌，不久之后，我的诗集也会出版了。"

"哦，祝贺你。"小姐很真诚地回答道。

"你说你擅长写小说，那你写过多少部小说呢？"男作家又问道。

"哦，只有一部而已。"小姐回答道。

"啊，才一部啊，看来你真是非常荣幸了，要知道这么有名的座谈会一般来说只请非常有名的作家，你那一部小说叫什么名字？"男作家再次问道。

"《飘》。"小姐很简短地回答道。

男作家一下子傻了，原来，她就是大名鼎鼎的玛格丽特·米歇尔！

那天晚上，米歇尔是唯一的金奖得主。

**感悟**：是金子总会发光，总会发光。总会。

5  先倒空你的杯子

很多年前，某地出了一个自认为才华横溢、智慧无上的文士。每当听见谁说起某某禅师如何如何，他就满脸的不屑，心想那些人只不过是群和尚，连大千世界都没见识全，再有能耐又能怎么样？但是后来，听多了人们不绝于口的赞叹，他决定亲自去"检验"一下。

他拜访的人，是当时著名的南隐禅师。听说有文士来访，南隐禅师精心准备了上好的茶叶招待。

二人客套完毕后，面对面地坐了下来。文士首先开口，说想请教禅师一些问题。早已听说文士"大名"的南隐禅师并没有立即应允，而是指着桌上的茶杯说："敝寺零乱，无以成敬，老衲略备了一些茶叶，恳请先生先品一下。"说罢，南隐禅师便拿壶倒茶。

几秒钟之后，茶杯已经满了，可是南隐禅师还在继续倒着，好像根本看不见似的。

"茶杯都满了，你怎么还倒啊？"文士一边阻拦禅师，一边不解地问。

"因为这个茶杯是你啊。"禅师答。

"我？我实在不明白禅师的意思。"文士摇摇头说。

"你的脑袋里早就装满了自己的看法和想法，装满了自己的成见，所以根本无法再将新的东西装进去。既然如此，你让我如何向你谈禅呢？还是先把那些成见和杂七杂八的想法倒掉再说吧！"南隐禅师说道。

文士恍然大悟，顿时满脸羞愧。

**感悟：**要想接受新的事物和公正地看待一些事物，必须首先去除自己的成见。

### 6  低头才不撞头

美国开国元勋之一的富兰克林年轻时，去一位老前辈家中做客。当他昂首挺胸地走进那座低矮的小茅屋时，只听"砰"的一声，他的额头撞在门框上，顿时青肿了一大块。

老前辈笑着出来迎接说："很痛吧？你知道吗？这是你今天拜访我最大的收获。一个人想要成就一番事业，要想洞明世事，练达人情，就必须时刻记住低头。"

富兰克林记住老前辈的教诲，并将之奉为金科玉律。最终，这种低头为人处世的品格成就了他辉煌的一生。

**感悟：**降低姿态，寻找机会的人，才能最终到达成功的巅峰。

### 7  孟买佛学院

孟买佛学院是印度最著名的佛学院之一。这所佛学院之所以著名，是因为除了它的建院历史悠久、建筑辉煌和培养出了许多著名的学者之外，它还有一个特点是其他佛学院所没有的。这是一个极其微小的细节，但它却有很深的寓意在里面，几乎所有来到这里的人都承认，正是这个细节让他们终身受益无穷。原来，与别的佛学院不同的是，孟买佛学院的正门一侧又开了一个小门，这个小门竟然只有 1.5 米高、0.4 米宽，一个成年人要想过去必须学会弯腰侧身，不然就只能碰壁了。

这正是孟买佛学院给它的学生上的第一堂课。对于所有来校的新生，教师都会引导他来到这个小门旁，让他进去一次。很显然，所有人都是弯腰侧身进去的。尽管这有失礼仪和风度，但是达到了教育的目的。教师说，大门当然方便出入，而且能够让一个人很体面、很有风度地出入。但是，很多时候，我们要出入的地方并不都是有着壮观的大门的。这个时候，只有暂时放下尊贵和体面才能够出入。否则，你就只能被挡在院墙之外了。

**感悟：** 能大能小是条龙，懂得低头能出头。

## 8  三只水杯

三位青年彼此是好朋友，他们各有各的优点，也各有各的缺点。

老大很固执，人称"牛脾气李"，一旦决定一件事就一定会去做。别人是不撞南墙不回头，他是撞了南墙也不回头。老二是个"大嘴巴"，不但自己的事儿装不住，别人偶然告诉他的事他也会不到一天就传得街坊邻居全知道。时间一长，大伙都知道了他的脾气，不想传出去的事儿绝对不会给他说，想造谣生事的人就拼命拿他当"广播电台"老三还算好，既不固执又不"大嘴巴"，可是他也有让人无法忍受的缺点—疑心太重！哪怕你告诉他一件天下人都已经知道的事情，他也会首先摇头否定："不可能！"然后给你列举出一大堆"不可能"的理由来。久而久之，大家都非常讨厌他，如果没有急事，谁也不愿意理他。

某天，因为别人的孤立而备感孤独的三位朋友来找一位哲学家，问哲学家自己到底怎么得罪大伙儿了，为啥谁都不肯理自己。

想了一下，哲学家找来三只杯子放在桌上。第一只既干净又完整，但杯口朝下放着；第二只也很干净，且杯口朝上，只是杯底破了个洞；第三只很完整，杯口也朝上，可杯壁上却沾满了灰尘。摆好以后，哲学家开始说话了：

"老大，你就像第一只杯子，哪儿都挺好，可惜杯口朝下，别人倒不进水去，所以只能放弃你。老二，你就像第二只杯子，杯口朝上，也很干净，但就是水一倒进去就会漏掉。有谁会拿一只有洞的杯子喝水呢？老三，第三只杯子比喻的就是你了。水一倒进去就会脏，所以别人还是不能喝的。所以说，小伙子们，不是大家不肯理你们，是你们自己不肯接受啊！"

三位青年一听，立刻面红耳赤。

**感悟**：当你自以为拒绝接受时，实际却什么也没得到；当你边听边漏时，别人会和你一样"富有"，所以你依然"贫穷"；当你对事情有所成见时，你就得不到它原来的本质，还是相当于一无所有。

## 9 装杯子

学生时代马上要结束了，同学们个个眉开眼笑。看着大家浮躁的劲儿，教授决定给学生们上最后一堂课，一堂比较特殊的课。

看到教授手里拿着这么多东西，同学们意识到这将是一堂与众不同的课，所以都安安静静地坐下来，等着著名教授的最后教诲。

教授把手里的东西一一放在讲桌上，包括一只大敞口杯、一瓶水、一袋石子、一袋沙子。然后他便开始往敞口杯里放石子，等到石子都堆出杯口时，他问大家："杯子满了吗？""满了。"大家异口同声地答道。这时，教授抓起细沙，小心翼翼地往装着石子的杯子里填着，几分钟之后，那一小捧沙子都被装进了杯子。

"杯子满了吗？"教授又问。"满了。"回答的人只剩下一半了。于是，教授又拿起水往杯子里倒，渐渐地，水开始往外溢。

"杯子满了吗？"教授再次问道。下面一片沉寂，谁都不敢再说话了。

"这回杯子才是满了。"教授说道，"看到了吗？当你们说'满'的时候，杯子总是不满的，而当杯子真满了的时候，你们就会不再说'满'了。"同学们心有所悟，不约而同地鼓起掌来。

**感悟：**阅历让成功者知道自己总有不足之处。


10　三个金人

曾经有个小国到中国来，进贡了三个一模一样的金人，把皇帝高兴坏了。可是这小国不厚道，同时出一道题目：这三个金人哪个最有价值？

皇帝想了许多的办法，请来珠宝匠检查，称重量，看做工，都是一模一样的。怎么办？使者还等着回去汇报呢。泱泱大国，不会连这个小事都不懂吧？

最后，有一位退位的老大臣说他有办法。

皇帝将使者请到大殿，老臣胸有成竹地拿着三根稻草，把其中一根插入第一个金人的耳朵里，这稻草从另一边耳朵出来了。第二个金人的稻草从嘴巴里直接掉出来，而第三个金人，稻草进去后掉进了肚子，什么响动也没有。老臣说：第三个金人最有价值！使者默默无语，答案正确。

**感悟：**最有价值的人，不一定是最能说的人。老天给我们两只耳朵一个嘴巴，本来就是让我们多听少说的。善于倾听，才是成熟的人最基本的素质。

## 11　上坡与下坡

那时，我正在走人生的上坡路，便觉得自己高人一等，总是在人前趾高气扬，不可一世。

一次，父亲带我登山。父亲走在前面，问："登山需要保持一种什么样的姿势呢？"

"低头、弯腰。"我说。

"登山，是在走上坡路，保持一种低头、弯腰的姿势，不仅可以省力，而且会走得更快捷、更稳健。"父亲说，"一个人在走人生的上坡路时，也要懂得低头、弯腰，保持一种低姿态啊！"

后来，我正在走人生的下坡路，于是又觉得自己低人一等，总是在人前抬不起头。同样，父亲还是带我登山。登上山顶后，我跟着父亲下山，父亲问："下山需要保持一种什么样的姿势呢？"

"挺直腰杆。"我说。

"下山，是在走下坡路，如果这时低头弯腰，就容易栽跟头，只有挺直腰杆，才能维持好身体的平衡，才能走得稳当。"父亲说，"一个人在走人生的下坡路时，也要挺直腰杆，千万别低头、弯腰、趴下啊！"

**感悟：**人生无论是走上坡路还是下坡路，都要正确对待，积极应对，使自己的人生之路走得更稳健、更踏实。

## 12　高手，是让所有人都想赢你

有个以湖蟹闻名的酒店，需要招聘一名厨师长。湖蟹在进蒸笼前需要用麻绳绑起来，这是道很烦琐的工序，所有的厨房员工都不喜欢这道工序，所以每次绑湖蟹都是由厨师长带头。有两位厨师同时来应聘，试工开始。第一位试工的厨师每次都带头绑湖蟹，还经常与其他厨师进行"绑湖蟹"比赛。每次比赛，大家都尽最大的努力，可就是比不上他，所有人都为他娴熟的技术折服——他五分钟绑 20 只湖蟹，其他厨师最多绑 12 只。

另一位应聘者也号召大家来比赛，但是他不用表掐时间，光是手脚比画，数个数。这位厨师的手脚并不快，虽然他的喊声最大，但是每次一开赛，别的厨师一认真起来就能超过他，他几乎成了大家的笑料。

尽管如此，那位厨师反而用更大的声音喊着一定要追上其他厨师，他拼命追，其他员工自然也就拼命地不让他追上。直到试工结束，他捆绑湖蟹的技术依旧落在其他厨师后面。

试工结束了，老板竟然聘用了第二个厨师。作为一名厨师长，干活效率竟然比职工还慢，怎么服众？

酒店老板说出了其中的奥秘：第一位应聘厨师虽然手脚很快，但他总赢，让大家缺乏自信和动力，虽然大家都响应了比赛，但实际上大家都觉得这是个不能赢的比赛，反正都是输，还能拿出真正的实力和积极性吗？

第二个厨师手脚虽然慢，但他的"步步紧逼"逼迫大家既兴奋又紧张地拼命加快速度，不让他追上，就在这追与逃之间，每个人都在无意识中提高了劳动效率——他们竟然每五分钟绑了 2 只湖蟹。员工们没有想到的是——刚才在老板办公室，第二个厨师已经当着老板的面绑过一次湖蟹，他的成绩是每 5 分钟绑 20 只。

他说："我一个人少绑 2 只湖蟹，但其余 2 人每人多绑 6 只，总效率相当于每五分钟提高了 50 只。"

**感悟**：高手，不是让所有人都输给你，而是让所有人都想赢你！

## 第十五章

# 技巧与智慧（一语定亲）

任何问题没有得到解决，是因为还没有
找到正确的方法。成功有方法，失败有原因。

## 1 一语定亲

女方家长要招门婿，来了三个应征者。

"请自我介绍，并分别说说你们的条件和优势。"姑娘的父母开门见山。

"我有一千万元。"A说。

B说："我有一栋豪宅，价值两千万元。"家长很满意。就问C。

"你家有什么？"

C答："我什么都没有，只有一个孩子，在你女儿肚子里。"

AB无语，走了。

**感悟：**做事抓住重点很重要。

## 2 威廉的智慧

美国第九届总统威廉·哈里逊，小时候家里很穷，他沉默寡言，人们甚至认为他是个傻孩子，他家乡的人常常拿他开玩笑。比如把一枚5分钱的硬币和一枚1角的硬币放在他面前，然后告诉他只准拿其中的一枚，每次哈里逊都是拿那枚5分的，而不是拿1角的。

一次，一位妇女问他："孩子，你难道不知道哪个更值钱吗？"

哈里逊回答说："当然知道，夫人。可要是我拿了那一枚1角的硬币，他们就再不会把硬币摆在我面前，那么我就连5分钱都拿不到了。"

**感悟：**傻是智慧，能是聪明。

3　装满仓库的东西

从前，有一位聪明的父亲，为了考验他三个儿子的智慧，他想了很久，终于想出了一道考题。父亲分别给了三个儿子每人100元钱，要他们用这100元钱去买他们所能想到的任何东西，但是买回来的东西，要想方设法装满一个巨大的仓库。

大儿子想了很久，最后用这100元钱去买了一大堆的稻草。

可是，稻草运回来之后，竟然连仓库的一半都装不满。

二儿子想了很久，最后用这00元钱去买了一捆捆的棉花。

可是，棉花运回来之后，只能装满仓库的三分之二。

小儿子看着两个哥哥的举动，灵机一动，他已经有了办法。他花了10元钱去买了一小盒火柴和一大根蜡烛。然后，他轻松地走进仓库，并且把他父亲和两个哥哥也请到了仓库里。两个哥哥惊奇地看着他，想看看他到底拿什么装满仓库？小儿子不慌不忙地将所有的窗户牢牢关上，然后把仓库大门也关好，整个仓库马上变得伸手不见五指，黑暗无比。这时，小儿子从口袋中拿出火柴点燃了蜡烛，顿时烛光照亮了整个仓库。看到这里，他父亲会心地笑了。

**感悟**：人欲无穷，如果仅用有形的物质来填充自己，那空虚的心灵将永远无法满足。

4　纪晓岚的婉拒

一次，乾隆皇帝想开个玩笑考验纪晓岚的辩才，便问纪晓岚："纪卿，'忠孝'二字作何解释？"纪晓岚答道："君要臣死，臣不得不死，是为忠；父要子亡，子不得不亡，是为孝。"乾隆立刻说："那好，朕要你现在就去死。"纪晓岚："臣领旨。"
乾隆："你打算怎么个死法？"纪晓岚："跳河。"乾隆："好吧。"
乾隆当然知道纪晓岚不可能去死，于是静观其变。不一会儿，纪
晓岚回到乾隆跟前，乾隆笑道："纪卿何以未死？""我碰到屈
原了，他不让我死。"纪晓岚回答。"此话怎讲？"乾隆疑问道。
"我来到河边，正要往下跳时，屈原从水里向我走来，他说：'晓
岚，你此举大错矣想当年楚王昏庸，我才不得不死；可如今皇上
如此圣明，你为什么要死呢？你应该回去先问问皇上是不是昏君，
如果皇上说他跟当年的楚王一样是个昏君，你再死也不迟啊。'"
乾隆听后，放声大笑，连连称赞道："好一个如簧之舌，真不愧
为当今的雄辩之才。"

**感悟**：对于不能当面回绝的事，可退一步换个思路。


5　驴子的智慧

　　农夫牵着驴子去赶集，一不小心，驴子掉进了村口的井里。
农夫急坏了，他绞尽脑汁想办法，还是没办法把驴子救上来。

　　半天过去了，井底的驴子绝望地哀嚎着，它似乎也意识到了
自己的处境：虽然井水不太深，不至于把它淹死，但是时间长了，
一定会被活活饿死。

　　想想驴子多年来与自己相依为命的感情，农夫心如刀绞，他
实在不愿意看着心爱的驴子遭受这种折磨，便狠狠心，拿来一把
铁锹打算早点结束这种局面。

　　于是他开始一铲铲地往井里填土，井底的驴子好像意识到了
什么，更加凄惨地叫了起来，叫得农夫心里好生难受，不得不加
快了填土的速度。

　　但是不一会儿，驴子竟然不叫了。"这么快就死了？不可能

吧！"农夫很奇怪地往井底看去，结果，下面的情景让他大吃一惊：只见驴子正拼命地抖着落在身上的土，把它们填在脚下，然后再站上去，借此一点一点地靠近井口。农夫大喜过望，更加卖力地往井里填起土来。还不到一小时，驴子便"得意扬扬"地叫着上升到了井口。

**感悟：** 人生总有偶尔陷入"死角"的时候，能否走出来，就看你如何对待这不断下落的重负。如果你将之当作负担，它早晚会置你于死地；如果你勇敢地抖落，它就能成为你崛起的垫脚石。

### 6 马克·吐温的谎话

在一次宴会上，马克·吐温与一位女士对坐，出于礼貌说了一声："您真漂亮！"那位女士却不领情，高傲地说："可惜我无法同样来赞美您！"马克·吐温平和地说："那没关系，你可以像我一样，说一句谎话就行了。"那位女士羞愧地低下了头。

**感悟：** 你扔下的石头，绊倒的往往是你自己。

### 7 如何把梳子卖给和尚

一家生产梳子的公司招聘业务员，经过面试后剩下三个人，最后一道题是：谁能把梳子卖给和尚？半个月后，三个人回来了。结果是：甲：经过努力，最终卖出了一把梳子。（在跑了无数的寺院、推销了无数的和尚之后，碰到一个小和尚，因为头痒难耐，说服他把梳子当作一个挠痒的工具卖了出去）

乙：卖出了十把梳子。（也跑了很多寺院，但都没有推销出去，正在绝望之时，忽然发现烧香的信徒中有个女客头发有点散乱，

于是对寺院的住持说，这是一种对菩萨的不敬，终于说服了两家寺院，每家买了五把梳子）

丙：卖了1500把，并且可能会卖出更多。（在跑了几个寺院之后，没有卖出一把，感到很困难，便分析怎样才能卖出去？想到寺院一方面传道布经，但另一方面也需要增加经济效益，前来烧香的信徒有的不远万里，应该有一种带回点什么的愿望。于是和寺院的住持商量，在梳子上刻上各种字，如虔诚梳、发财梳……并且分成不同档次，在香客求签后分发。结果寺院在应用之后反响很好，越来越多的寺院要求购买此类梳子）

感悟：并不是所有勤劳的人都会有结果的，而在于你是否能找到正确的方法，让别人赚到钱，自己才会赚钱。

### 8　没用的反对

《巴巴拉上校》出版之后，某剧院为之安排了一场甚为隆重的公演。公演当天，各界知名人士都应邀前去观赏。当然，作为作者，大作家萧伯纳是必在其中的。

演出相当成功。谢幕时，萧伯纳应观众的要求上台接受众人的掌声。可是他刚刚走到台上，观众席中便有一人对着他大骂道："萧伯纳，你的剧本真是糟透了，你简直就是在耽误我的时间。快停演吧，没有谁要看的！"

顿时，全场一片哗然，所有人都为这突如其来的举动吃惊不已，继而纷纷把目光投向了萧伯纳，等待着看他的恼怒。不想萧伯纳非但没有生气，还笑着向那个人鞠了个躬，然后彬彬有礼地说道："亲爱的朋友，您说的我都同意，但遗憾的是，全场这么多人，只有我们两个人反对。俗话说寡不敌众，我们的反对有什么用呢？"说完，他便面带微笑地向所有观众挥手致意。现场立刻响起了如雷的掌声，并伴随着接连不断的叫好声。

感悟：面对别人无情的攻击和指责，唇枪舌剑、气急败坏地反击是下策，被动地解释是中策，巧妙地举重若轻、一带而过是上策。

### 9  劣势与优势

不幸的小男孩在车祸中失去了左臂，成了残疾人，但是他很想学连健全人都很难学好的柔道。

四处求学之后，终于有位柔道大师接纳了他。可是在入学之后的三个月里，师傅却只肯反复地教小男孩一招。终于，小男孩忍不住问道："老师，这招我已经练了几个月了，是不是应该再学其他招数？"没想到老师立即摇了摇头："不，你只需要把这一招练好就够了。"小男孩感觉很委屈，但由于很相信师傅，他还是听话地继续练了下去。

三年后，师傅带小男孩去参加比赛，看到对手又高大又强壮，瘦弱且残疾的小男孩很是害怕。这时师傅鼓励他道："不要怕，你一定会成功，师傅对你有信心。"但是不管怎么样，小男孩还是顾虑重重。

出乎人们意料的是，最后的冠军竟然真的是这个没有左臂而且只会一招的小男孩，这个结果让小男孩自己都很惊讶。

"这是为什么，老师？"小男孩问师傅。

看着他迷惑不解的样子，师傅解释道："有两个原因：一，这是柔道中最难的一招，你用了几年时间去练它，几乎已经完全掌握了它的要领。二，就我所知，对付这一招唯一的办法就是抓住你的左臂。"

感悟：优势不一定在任何情况下都是优势，劣势也一样。

## 10 拒礼

佛祖释迦牟尼一次在宣扬佛法时，在路上遇见一个非常不喜欢他的人，这个人一直跟在他身后不停地诽谤他。而释迦牟尼始终保持沉默，就这样过了几天，这个人还是不停地造谣中伤。

一天，释迦牟尼终于转过身来，平和地问道："一个人送礼物给另一个人，如果受礼者没有接受，那么这个礼物属于谁呢？"那个人觉得这个问题很奇怪，但他仍然如实地回答："属于送礼者。"只见释迦牟尼点了点头说道："请带着属于你自己的东西回去吧。"

**感悟：**你认可的礼物别人不一定都接受。

## 11 四个过桥人

有一处地势险恶的峡谷，涧底奔腾着湍急的水流，而所谓的桥则是几根横亘在悬崖峭壁间光秃秃的铁索。

一行四人来到桥头，一个盲人、一个聋子以及两个耳聪目明的正常人。四个人一个接一个地抓住铁索，凌空行进。

结果呢？盲人、聋子过了桥，一个耳聪目明的人也过了桥，另一个则跌下深渊丧了命。

难道耳聪目明的人还不如盲人、聋人吗？

是的！他的弱点恰恰源于耳聪目明。

盲人说："我眼睛看不见，不知山高桥险，心平气和地攀索。"

聋人说："我耳朵听不见，不闻脚下咆哮怒吼，恐惧相对减少很多。"

那个过了桥的耳聪目明的人则说："我过我的桥，险峰与我何干？激流与我何干？只管注意落脚稳固就够了。"

**感悟**：用一颗坦然面对而又积极进取的心才可排除虚张声势对你的威吓。

12　一条腿的鸭子

有一天，丈夫过生日，中午妻子做了一桌丰盛的佳肴，其中有一道清蒸鸭。丈夫最爱吃这道菜，菜上齐了，席间就坐，丈夫一看不对，他发现鸭子只有一条腿。

丈夫纳闷了，问妻子："为什么这只鸭子只有一只脚？"

他妻子说："有什么好奇怪的，我们家的鸭子都只有一只脚呀。"

"我不信，所有的鸭子都有两只脚，为什么只有我们家的鸭子比较特别。

"不信，你自己到池塘边去看看。"

于是，丈夫跑到池塘去看他的鸭子。鸭子正好在睡午觉，它们都缩了一条腿。因此看过去，好像所有的鸭子都只有一条腿。丈夫灵机一动，朝鸭子栖息的方向很用力地击掌。击掌的声音把鸭子都惊醒了，它们纷纷把缩着的那只脚放了下来。

"你看吧，它们不是又恢复两条腿了吗？"丈夫很得意地告诉妻子。

"就是啊，如果你想吃有两只脚的烤鸭，也请来点掌声吧！"妻子答。

**感悟**：赞美如同一缕阳光，在温暖别人的同时也温暖了你自己。

## 13  迷失自己的人

一人骑驴赶羊，路人建议，他骑驴在前、羊在后以加快速度，羊颈上铃铛有声，听声便知羊在否，于是从之。一路铃响，偶然回头，羊已不在，只见铃铛拴于驴尾。此人悔恨不已，急问路人，路人告之羊已上山，若上山寻羊可替其看驴，又听之。待下山归来，驴亦不在，于是痛哭，却见池边一人捶胸顿足，号啕不止，上前询问得知，其金银珠宝一袋落入池中，无奈不会游泳，谁若代捞，金银与之共享。此人急忙脱衣下水，未见所说珠宝，于是上岸，衣亦不在……

**感悟：** 没有正确严谨的思维就抓不住事情的本质，就会一错再错，迷失自己，手足无措，一事无成。

## 14  微笑的力量

一个男人失业了，生活的压力让他总是板着脸，一副愁苦相。他做起了小买卖，可无论卖什么都赔钱。正当男人一筹莫展时，他听说有位成功的商人来他们小镇定居，男人心里一动，决定去找这位商人取取经，求他指点一二。

商人倒没什么架子，很客气地把男人迎进家，笑着说："取经吗？我可不是'如来佛'，不过呢，我倒想请你帮我一个忙。"男人纳闷地问："我能帮您什么忙啊？"商人说："我这里有50双袜子，你帮我在一个星期之内卖出去。要记住，不管别人买不买，都要面带热情的微笑。如果你能做到，我再告诉你成功的秘诀。"

男人很困惑，但他还是带着袜子，挨家挨户上门推销。他谨记商人的话，脸上始终挂着微笑，耐心地给顾客证明袜子多么结实耐穿。

就这样，男人只用了五天就卖出了所有的袜子。他兴冲冲地来到商人家里，商人的妻子说："他有事出远门了，走之前嘱咐我，让你把这100双袜子在一个星期之内卖出去，然后再来。"男人像被浇了一盆冷水，但他一心想得到商人成功的秘诀，只好咬咬牙去照做。

为了能快点卖出这100双袜子，男人脸上的笑意更浓，对顾客也更加热情。这一次，他感觉自己笑起来毫不费力了，袜子卖得也比上一次顺利得多，挑剔的人越来越少。这100双袜子也只用了五天就卖完了，还有不少人跟他预订。

男人急忙跑去找商人。这次商人正在家中，男人问："请问还有袜子吗？我又预订了100双出去。"商人听了哈哈大笑说："不错，我看你已经找到成功的秘诀了。"男人一愣，紧接着一拍脑袋，也不由得笑了起来，他脸上的笑容舒展而自信，这是发自内心的喜悦。

人生不会一帆风顺，我们都曾被挫折和坎坷绊倒，内心愁云笼罩，这种时候，或许很难笑得出来。但是，试一试吧！轻轻弯起嘴角，去面对他人，面对世界，你会发现，你的微笑将带来神奇的力量。或许不经意间，期盼已久的转机正在发生，暖暖的阳光正拨开乌云，洒满心上。

**感悟：**关键时刻你不笑一下也许真的永远不会知道自己有多优秀。

## 第十六章

# 磨炼与成功（捡海螺）

不是地下没有水，而是我们挖得不够深；
不是成功来得太慢，而是我们放弃得太快。

## 1  鹰的重生

老鹰是世界上寿命最长的鸟类，它的年龄可达七十岁，为什么鹰会有这么长寿的命？源于它在四十岁的时候必须做出艰难而重要的决定，因为当老鹰活到四十岁的时候，它的爪子开始老化，无法有效地抓住猎物，它的喙变得又长又弯，几乎碰到胸脯。它的翅膀渐渐变得十分沉重，因为此时它的羽毛长得又浓又厚，使飞翔变得非常吃力。

它此时只有两种选择：等死或经过一个万分痛苦的更新过程，就是等待150天漫长的蜕变。

首先它必须尽全力飞到山顶，在悬崖筑巢，停留在那里，不能飞翔，老鹰首先用它的喙击打岩石，直到完全脱落，然后静静地等候新的喙长出来。它会用新长出来的喙，把指甲一个一个地拔掉。当新的指甲长出来后，它会再把羽毛一根一根地拔掉，经历漫长的五个月以后，新的羽毛长出来了。

此时老鹰又开始飞翔了，重新获得了再活三十年的生命。

**感悟**：孤鹰不退羽，哪能得高飞；蛟龙不蜕皮，何以上青天；蚕不破茧出，哪来蝶飞舞。


## 2  捡海螺

一个老人和一个年轻人一起到海边捡海螺，因为海螺可以拿到市场上去卖。

由于腿脚麻利，眼神又好使，年轻人觉得自己肯定比老人捡到的海螺既大又多。因此，他一直把眼睛盯在又大又好的海螺上。

半个小时过去了，年轻人始终走在老人前面，腰也没见弯下去几次，虽然他的后面大大小小的海螺到处都是。而老人则正好相反，他一直落后，却频频弯腰，无论大海螺、小海螺都如获至宝地捡起来。

结果一个小时不到，老人的口袋里就有了很多海螺，而年轻人的口袋里却还像刚来时那样空荡荡的。

"小伙子，难道你没有看到这里有好多海螺吗？不要再那么挑剔了，否则你捡不了几个的。"老人对年轻人说。

年轻人却撇撇嘴回答："我要的是又好又大的海螺，那样才能卖个好价钱。"

不知不觉中，太阳已经快落山了，可年轻人还是收获不多，因为他很少看到自己所希望的那么大的海螺。而老人的袋子，则已经满满当当，几乎装不下了。

**感悟**：如果你不屑于一滴水，你也就相当于放弃了整片海洋。

### 3 钻石与木炭

桌上摆着一块钻石，光彩夺目。墙角的火炉边放着一些木炭。木炭们唉声叹气："唉，为什么我们天生身体黑，天生没价值？"

钻石听了很不忍，安慰道："同胞们，你别难过了！"木炭们一听，七嘴八舌地回答："同胞？不会吧！我们是同胞？""我们可不像你，天生好命，材质非凡呢，别挖苦我们了！"

钻石回答说："真的，我没骗你们，我们可是远房亲戚，咱们的成分都是'碳'，难道不是同胞吗？"

木炭们终于明白过来了，不由长叹："天啊！老天真是不公平，为什么我们的命运差这么多？"

钻石慢慢地说："这是因为我在地底时承受了很大的压力，再者，我没有像各位那么早出土，我选择在地下多待了好几千年，所以我们后来的样子才会不同。

**感悟**：成功没有捷径，唯有守住成功前的寂寞。

4　价值不变

这是一次很特别的演讲，场中的一个镜头震撼了每一个人，足够他们用一生去记忆，尤其当他们遭遇挫折艰难时。

据说，这位演说家经历过无数磨难，当人们问起他是怎么走过来的时候，他伸手从兜里掏出了一百块钱，环顾了一下在场的观众后问道："我想把这一百块钱送给你们当中的某一位，有谁想要？"

下面的观众一下子都举起了手。

演说家把那一百块钱揉了揉，攥成一团，又问道："现在有谁还想要？"

观众们再一次举起了手，看样子，人数一点也没变。

这时候，演说家把那个钱团扔在地上，使劲儿踩了一脚，然后捡起来问："现在呢？还有谁想要？"

观众依然高高地举着手。

接下来，演说家说了一段意味深长的话："我知道，无论我怎么对待这张钞票，只要它还能花得出去，举手的人就不会少。因为，虽然它皱了、脏了，价值却一点不变，还是一百块钱。我们人，不也一样吗？无论挫折还是灾难，都只会改变我们的表面，而不会改变我们的实质。只要你能挺得住，不趴下，你就还是你，你的价值就永远不会变。

场内立刻响起了热烈的掌声。

**感悟**：决定你的价值的，是你自己而非周围环境，岁月和遭遇只会影响人的表面。


## 5　失败是成功之母

有个被人称为"渔王"的渔人，有着一流的捕鱼技术，虽然手把手地教他的三个儿子织网、下网、识潮汐、辨渔汛……但三个儿子的渔技还是很平庸。"渔王"为此百思不得其解，很是苦恼。

后来，一个老人问他："你一直手把手地教他们吗？""是的，为了让他们得到一流的捕鱼技术，为了让他们少走弯路，我一直让他们跟着我学，而且教得很仔细、很耐心。"

老人说："你的错误就在这里，你只传授给了他们技术，而不让他们去经历失败的教训。要知道，没有教训与没有经验一样，都是不能使人成大器的！"

听了这位老人的话后，这位渔王就不再教他们技术了，就叫他们划着渔船到大海上，直接接受大海对他们的生死考验，很快他们都成了捕鱼的高手。

**感悟**：什么是成功，那就是走完了所有失败的路。


## 6　音乐盲到提琴师

自从偶然听到那位小提琴大师的独奏，这位青年便疯狂迷恋上了小提琴，他希望有一天自己也能够拉出那么动听迷人的曲子。

于是他倾其所有，买了一把非常名贵的小提琴，每天都起大早到公园里练琴。早练的人们听了他的琴声都哈哈大笑，讥讽他是个音乐盲，拉出的声音就像青蛙叫。在人们不断的嘲笑声里，青年越来越灰心，几乎就要放弃自己的梦想了。

　　有一天，他刚练完琴，就听身后有位老太太对他说："孩子，你的小提琴拉得可真好，我非常喜欢，你能每天都拉给我听吗？"这一下子，青年信心大增："原来，还有人这么喜欢我的琴声啊！"从此之后，青年天天满怀信心地给那位老人拉琴听；但老太太从来都只是微笑着听，一句话都不跟他交流。

　　不知不觉中，几年过去了，青年的琴艺大长，最后竟在全国比赛中获得了一等奖。青年激动极了，他在公园里跑来跑去，到处寻找着老人，想告诉她这个好消息。忽听有人对他说："你在找那个聋老太太吧？她昨天犯心脏病去世了。"

　　聋老太太？青年一下子呆在了原地。

　　**感悟：**并不是因为事情难做，我们才失去自信；而是因为我们失去了自信，事情才变得难做。

## 7　石头的命运

　　山上的寺庙里少一座佛，于是就请来一位雕刻师，说好后雕刻师就进山寻找雕刻佛像的石头。

　　找呀找呀，终于找到了一块他认为最理想的石头，拉回寺庙开始雕琢，这块石头为了成佛咬牙忍痛，一刀两刀、一锤两锤，这块石头终于坚持不住了，不要雕刻师再雕了，望着被雕得七零八落的石块，雕刻师摇摇头又进山了。

　　雕刻师又是找呀找，终于找到了一块不如上一块的石头，运回寺庙开始雕刻，这块石头知道自己想得到什么，想成为什么，接受了雕刻师一刀又一锤的敲打，不久就成了一座佛，站在那里一动不动，每天被万人敬仰，而第一块石头则被做成台阶每天被万人脚踏。

台阶不服气地问佛："我们都是一个山上的石头，凭什么人们都踩着我，而去朝拜你呢？"佛说："因为你怕痛苦，经不起雕刻师的雕凿，而我却经历了千刀万剐、千锤万凿。"此时台阶沉默了！

**感悟：**人生经得起磨难，耐得起寂寞，最后才会有价值！看见别人的辉煌不要嫉妒，因为别人付出的比你多！

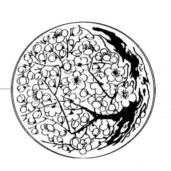

第二部分

# 灵魂的声音

一句话，一辈子；一本书，一条命；一段路，一生情。

## 第一章

# 未雨绸缪

**趁着风雨未到，先想着把门窗关好。**

1. 生而贫穷不害羞，死而贫穷才遗憾。

2. 人生不怕重来，就怕没有未来。

3. 生在哪里不重要，生活在哪里才重要；来自哪里不重要，去向哪里才重要。

4. 个人的嗜好只是嗜好，时代的嗜好却是商机。

5. 人有两亩田，白天的一亩是填饱肚子，晚上的一亩是耕种自己的未来。

6. 选对伴侣幸福一生，选对老师智慧一生，选对环境快乐一生，选对行业成就一生。

7. 在家看到的是家，走出去看到的是世界；只有观世界，才有世界观。

8. 落后是观念的落后，贫穷是脑袋的贫穷。

9. 家庭是事业的基石，健康是家庭的基础。

10. 爱情需要呵护，婚姻需要经营，家庭需要包容。

11. 一个人如果不为自己的梦想去创业，一定会为别人的梦想去打工。

12. 旅游需要导游，人生需要导师。

13. 21世纪要么电子商务，要么无商可务。

14. 机会从反对声中到来，议论声中进行，叫好声中结束。

15. 机遇像小偷，来时无影无踪，损失惨重。

16. 读万卷书不如行万里路，行万里路不如阅人无数，阅人无数不如名师指路，名师指路不如跟随成功者的脚步，跟随成功者的脚步不如跟上成功者的思路。

17. 要想改变口袋，先要改变脑袋。

18. 亿万财富买不到一个好的观念，一个好的观念却能赚到亿万财富。

19. 人的成就大不过他的思想，他的思想大不过他的所见所闻。

20. 与其长时间怀疑，不如短时间求证。

21. 观念一变，市场一片，观念不变，原地打转。

22. 穷人抓住鸡肋，富人抓住机遇。

23. 一流的父母做榜样，二流的父母做教练，三流的父母做保姆。

24. 给孩子饭吃只能让孩子长大，给孩子观念可以让孩子伟大。

25. 学习是成功的加速器，目标是成功的清醒剂。

26. 我不去学习我的身体不会死，但我的灵魂却会死。

27. 成功的人跟别人学习经验，失败的人跟自己学习经验。

28. 不学是老大，越学越害怕。

29. 不学不比沾沾自喜，一学一比差之千里。

30. 书中自有黄金屋，名单在有颜如玉。

31. 知识是学来的，能力是练来的，心境是修来的。

32. 学到叫知识，做到叫能力，教下去叫心境。

33. 学习需要态度，做事需要能力，成功需要心境。

34. 知识代表过去，能力代表现在，学习力代表未来。

35. 谁把学习放在最重要的位置，将来肯定成为最重要的人物。

36. 人生处处是考场，事事是考题，人人为我师。

37. 没有什么能让我顶礼膜拜，唯有学习的信仰。

38. 富不学，富不长；穷不学，穷无尽！

39. 学习的最低境界就是学习方法和经验，学习的最高境界就是学习思维和思想。方法是术，思维是道。

40. 学习很重要，比学习更重要的是跟对人学习。

41. 所有的成功者都离不开会议，所有大成功者都会经营会议。

42. 一场会议就是团队发展的分水岭。

43. 少数开会的人决定了多数不开会人的命运。

44. 业绩不是保障，团队不是保障，只有教育训练才是团队的保障。

45. 所有成功者都是学习者，所有成功者都是阅读者。

46. 与其教他开发市场、不如教他开发思想。

47. 会场是根、会议是魂。

48. 远离会场，就是阵亡的开始；停止学习，就是梦想的结束。

49. 成功没有奇迹，只有轨迹；成功不靠条件，只靠信念。

50. 成功始于每天进步一点点，卓越始于每天改变一点点。

51. 知道是没有生产力的，相信并做到才有力量。

52. 钱是内行人赚的，专家才是赢家。

53. 领导人不学习，是团队的灾难。

54. 一个人停止学习，就等于放弃成功。

55. 学习钱没了，不学习前途没了。

56. 在家学习爬楼梯，出门学习坐电梯，跟随学习坐飞机。

57. 不学就做撞死，光学不做等死，学了做了不教累死。要先学后做，边学边做，边修正。

58. 先做学生后做先生，先做哑巴后做喇叭。

59. 此刻打盹，你将做梦；而此刻学习，你将圆梦。

60. 胜人者强，胜己者王。

61. 官位是暂时的，事业是永恒的，烦恼是自找的，情义是无价的，回归是必然的，历史是后人的，金钱是子女的，健康是自己的。

63. 我们并不是拥有太少的时间，而是拥有太多不用的时间。

64. 一定要定期清理并远离"负债"，多多增加"资产"。

65. 财富就像海水，饮得越多，渴得越厉害，名望实际也是如此。

66. 一台电脑对它的主人说，我的容量可以升级，你呢？

67. 世上没有垃圾，只有放错位置的资源。

68. 无形的东西才是真实的存在，有形的东西终将毁灭。

## 第二章

# 近朱者赤

找智慧的人聊天，我靠谱的人做事

1. 改变自己是自救，改变别人是救人。

2. 宁可被人笑一时，不可被人笑一世。

3. 我们可以长得不漂亮，但绝对不能让自己的人生不漂亮。

4. 要给别人一碗水，自己要先有一桶水。

5. 一碗米养恩人，一斗米养仇人。

6. 夫妻一条心，黄土变成金；全家一条心，遍地是黄金。

7. 人之所以有一张嘴，而有两只耳朵，就是要我们多听少说。

8. 与其在别人的生活里跑龙套，不如精彩地做自己。

9. 你不能延伸生命的长度，但你可以决定生命的宽度。

10. 要用行动来控制情绪，不要让情绪控制行动。

11. 能耐得住寂寞的人肯定是有思想的人，能忍受孤独的人肯定是有格局的人，遇事能屈能伸的人肯定是有胸怀的人。

12. 珍惜自己的福报，就是珍惜自己的现在。

13. 广结人间的善缘，就是丰富自己的未来。

14. 别不好意思拒绝别人，反正那些好意思为难你的人都不是什么好人。

15. 为值得的人赴汤蹈火，为闲杂人等别在乎太多。

16. 跟家人争，争赢了，亲情没了；跟朋友争，争赢了，情义没了。争的是礼，输的是情，伤的是自己。

17. 没有梦想，懒惰就会生根发芽，时间越长，根就扎的越深。

18. 因为不与人争，所以没有人争得过你。

19. 短期相处靠感觉，长期相处靠性格，一辈子相处靠人品。

20. 道德常常能弥补智慧的缺陷，然而智慧却永远填补不了道德的空白。

21. 有德有才是精品，有德无才是次品，无才无德是废品，

天下华人是一家

有才无德是毒品。

22. 世界上最伟大的力量是爱，而爱的最高境界不是爱自己，而是爱别人。

23. 为钱而来，为情而留。

24. 世界上很多东西越分越小，而爱越分越大。

25. 无聊的人，才整天喝着咖啡，聊着是非。

26. 一个人如果失去金钱你会失去很多，失去朋友你将失去更多，失去信誉你将失去一切。

27. 你能尊重多少人，就有多少人尊重你；你能信任多少人，就有多少人信任你；你能让多少人成功，就有多少人帮助你成功。

28. 舍得舍得，小舍小得，大舍大得，不舍不得。

29. 轻财足以聚人，身先足以率人，律己足以服人，量宽足以得人。

30. 人最大的敌人不是别人，而是自己，战胜自己才能战胜别人。

31. 想别人没有想到的，做别人没有做到的，得别人没有得到的。

32. 天雨大，不滋润无根之草；道法宽，只度有缘之人。

33. 心离钱越远，钱离你越近。

34. 花两年的时间学说话，花十年的时间学闭嘴；会说是一种能力，不说是一种智慧。

35. 人的一生可以干很多蠢事，但最蠢的两件事就是：拒绝读书忽视灵魂，拒绝运动忽视健康。

36. 朋友是天朋友是地，有了朋友可以顶天立地；朋友是风朋友是雨，有了朋友可以呼风唤雨。

37. 财富不是一辈子的朋友，朋友却是一辈子的财富。

38. 当说别人缺点时我们咬紧牙齿，当说别人优点时我们张大嘴巴。

39. 一个人之所以快乐，是因为他想要让别人快乐，一个人之所以痛苦，是因为他自己想要快乐。

40. 人生最大的福气就是没有遇到灾祸，而人生最大的灾祸就是强求福气。

41. 乐观的人只顾着笑，而忘了怨；悲观的人只顾着怨，而忘了笑。

42. 凡是我所感谢的都会倍增，凡视为理所应得的都将被收回。

43. 凡事只要对人事物持续保持一颗感恩的心，就一定会大成功。

44. 当你知道向哪里走的时候，整个世界都会为你让路当你不知道向哪里走的时候，整个世界没有你可走的路。

45. 忙碌的人不见得成功，成功的人不见得忙碌。

46. 短期的合作靠借力，长期的合作靠实力。

47. 如果我们需要更多的玫瑰花，就必须种植更多的玫瑰树。

48. 名人之所以能够成为名人，是因为他们在同伴嬉戏或休息时不停地攀登；凡人之所以成为凡人，是因为别人在攀登时他却安然入睡。

49. 公众演讲是倍增业绩的最好法宝。

50. 没有不认识的朋友，只有来不及认识的朋友。

51. 时间是挤出来的，方法是想出来的，成功是逼出来的。

52. 时间的三大杀手：拖延、犹豫不决、目标不明确。

54. 与其做自己的百分之百，不如做别人的百分之一。

55. 一个人走一百步，不如一百人走一步。

56. 只有创造出结果的人，才能教你创造出更好的结果。

57. 没有不景气的市场，只有不景气的脑袋和思想。

58. 努力一定有结果，但不一定有好结果。

59. 做直销，人格走在能力前，能力走在团队前，团队走在业绩前。

60. 方向比方法重要，动力比能力重要，做人比做事重要。

61. 选对池塘钓大鱼，选对行业赚大钱。

62. 事情以结果为导向，市场以结果论英雄。

63. 成功不仅是你做了什么，同时懂得不要做什么。

64. 效率不代表很忙，很忙不代表有生产力。

65. 凡事一定要积极，但绝对不要心急。

66. 用爱心做事业，用感恩的心做人。

67. 做事先做人，做人大于做事。

68. 成功前做自己该做的事，成功后做自己想做的事。

69. 成功没有奇迹，只有轨迹；成功不是摸索，而是模仿。

70. 付出才能杰出，承担才能成长。

71. 远离大树好成长，大树下边好乘凉。

72. 铲除杂草的最好方法就是种上鲜花。

73. 宁做方向正确的乌龟，不做方向错误的兔子。

74. 改变别人是事倍功半，改变自己是事半功倍。

75. 你应该永远盯住那些重要的事。而不是那些紧急的事。

76. 容易走的都是下坡路，坚持住，因为你正在走上坡路。

77. 出路，出去才有路；困难，困在家就难！

78. 每天叫醒自己的不是闹钟，而是伟大的梦想！

79. 要么读书，要么走路，身体和灵魂，必须一个在路上。

80. 走路，是你一生的朋友，也是你一辈子的财富。

81. 清醒时做事，糊涂时走路，大怒时休息，独处时思考。

82. 小胜靠力，中胜靠智，大胜靠德，全胜靠道。道乃德、智、力之和。

83.　当你学会为别人而活时，别人也会为你而活。

84.　亲人是父母给我找来的朋友；而朋友却是我们自己找来的亲人。

85.　如果你的船没有开过来，你就游过去。

86.　去顶尖的磁场交顶尖的缘分，和顶尖的人交往，才会成为顶尖的人。

天下华人是一家

## 第三章

# 巧借东风

为别人鼓掌的人也在为自己的生命加油。

1. 领导人的高明之处不在于你干了什么事，而是在于你通过什么人来干事。

2. 用别人未来的钱投别人未来的企业赚自己当下的钱。

3. 成功不是尽力而是借力。

4. 公众言说是倍增团队的最好法宝。

5. 成功的人不一定会演讲，但会演讲的人一定是成功者。

6. 你的企业是爬楼梯还是坐电梯，就看你会不会借力。

7. 蜜蜂忙碌一天，人见人爱；蚊子整日奔波，人人喊打！多么忙不重要，忙什么才重要。

8. 你为钱工作，你就是钱的奴隶；钱为你工作，你就是钱的领袖。

9. 当你有一个宏伟梦想，你就可以吸引无数没有梦想和梦想比你小的人来为你工作，为你实现梦想。

10. 领导人要学会"两眼睁大"发现人才；"两眼紧闭"不要插手已经授权的事；"睁一只眼"只看优点，"闭一只眼"不看缺点。

11. 领袖就是永远不操心个别人操心的事。

12. 领导人的格局，就是团队的结局，领导人的资讯就是团队的自信。

13. 100个人每人用1%的力量，胜过一个人用100%的力量。

14. 借力是取款，要想取款，得先存款。

15. 相互借力才叫合作，否则就是利用。

16. 定位＝地位，定位不当，终生流浪。

17. 领导力不是训练人，是选对人；选对人是财富，选错人是包袱。

18. 逆境要么让我们破产，要么让我们破纪录。

19. 含泪播种，含笑收获；笑话开始，神话结束。

20. 要想别人达到巅峰状态，先让自己达到巅峰状态。

21. 你的努力也许有人讥讽，你的执着也许不会有人读懂，在别人眼里你也许是小丑，在自己心里你就是国王。

22. 我不怕千万人阻挡，就怕自己投降。

23. 没有破茧而出的阵痛就没有化蛹为蝶的喜悦。

24. 没人鼓掌，也要飞翔；没人欣赏，也要芬芳；没人心痛，也要坚强。

25. 成功一定有方法，失败一定有原因。

26. 制胜不凭体力凭智力，成功不靠体力靠借力。

27. 给人金钱是下策，给人能力是中策，给人观念是上策。

28. 产品运营爬楼梯，资本运营坐电梯，前者需几代致富，后者需一夜致富。

29. 市场深度是保障，市场宽度是财富。

30. 有苗不愁长，无苗来年慌。

31. 越是愚蠢的人越是觉得自己很重要。

32. 做事像水，遇到阻碍要绕过它继续向前，甚至不惜向回流以寻找出路。

33. 不争即是大争，埋头才能出头。

34. 改变不了别人就改变自己，改变自己必然影响别人。

35. 开会不付费，永远学不会；管吃管住管报销，这样的公司很糟糕。

36. 用错误的方法得到正确的结果，比用正确的方法得到错误的结果更可怕。

37. 致富不凭体力靠智力，成功不靠奇迹靠努力。

38. 我们的今天由过去决定，我们的明天由今天决定。

39. 跟上轻飘飘，跟下乱糟糟。

40. 先建一座庙，再塑一尊神，自然会有烧香磕头人。

41. 花香自有蝶来舞，成功不是拉力，是引力。

42. 跟着蜜蜂采花朵，跟着苍蝇找厕所，跟着乞丐会要饭，跟着千万赚百万。

43. 别在小池里捞鱼，要在海洋上垂钓。

44. 假如你要追求一个女孩子，千万别每天给她写信，因为她有可能会爱上每天给她送信的邮差。

45. 同样的收入比投资，同样的投资比收入。

46. 没有传统行业，只有传统的商业模式。

47. 一定给顾客打造一个无法抗拒的销售主张。

48. 一个人之所以杰出，关键因素在于尽早发现自己人生中的长板，并把它发挥到淋漓尽致。

49. 大多数的伟人的性格并不是百分之百的完美，但他们绝对是充满热忱的人，正因为是这一点，他们的缺点才会显得微不足道。

50. 做人要当得起老板，睡得起地板；当得了总统，刷得了马桶。

51. 如果你有能力挖掘一个人的潜力，那你一定能得到这个人的信服及追随。

52. 不是我们做错了什么，而是竞争对手做对了什么。

## 第四章

# 捷足先登

就算天再高那又怎样，踮起脚尖就更靠近阳光

1. 没有目标是可怕的，有目标是可靠的。

2. 喊目标不是吓唬别人，而是喊醒自己。

3. 没有人为我们的失败负责，只有无数的人为我们的成功喝彩。

4. 长期目标在天上，中期目标在树上，短期目标在地上。

5. 有目标的人在奔跑，没目标的人在流浪。

6. 有目标的人在感恩，没目标的人在抱怨。

7. 有目标的人睡不着，没目标的人睡不醒。

8. 没规划的人生叫拼图，有规划的人生叫蓝图。

9. 没目标的人生叫流浪，有目标的人生叫航行。

10. 要创造一个不可思议的结果，必须给自己设计一个不可思议的目标。

11. 目标大，问题小，目标小，问题大。

12. 个人没目标会懒，团队没目标会散。

13. 旁观者的姓名永远爬不到比赛的积分榜上。

14. 犹豫是机遇的杀手，行动是克服恐惧的良药。

15. 只会幻想而不行动的人，永远也体会不到收获果实时的喜悦。

16. 不是咱起点晚，是别人起得早；不是咱慢，是别人太快。

17. 我们这个世界从不会给一个伤心的落伍者颁发奖牌。

18. 不先不足以成功，不和不足以永存。

19. 任何成功者都属于做得最多的人，而不是今天想要成功而不去做的人。

20. 不要羡慕成功者今天的收获，而要看到他们最初辛勤的撒播。

21. 笨鸟要先飞，早起的鸟儿才有虫吃。

23. 经书并没有在西天，而在取经的路上；只有在路上，才会有更多的人同行。

24. 今天你的计划完成了吗？没有，你来干什么。

25. 如果你的脸皮没有城墙厚，请先把你的脸皮练得跟城墙一样厚。

26. 生命只有走出来的精彩，没有等出来的辉煌。

27. 相信是成功的起点，坚持是成功的终点。

28. 要生存就要进取，要成功就要坚强，意志决定你的成功，进取决定你的未来。

29. 怀疑和等待永远看不到未来，拼搏的人生才会更精彩。

30. 想是问题，做是答案。想死做活。

31. 想得划船冠军，要先学会游泳。

32. 只用嘴巴说，只不过是徒劳或是空话，除非你用行动去实现它。

34. 到达一个目标的同时，就是迈向另一个目标的开始。

35. 梦想是免费的，不想是浪费的，连梦都不敢做的人恐怕是很难有大的成就的。

36. 不要认为自己没有用，不要总是坐在那里看天空，如果你自己都不愿意动，还有谁能帮助你成功。

37. 唯有不可思议的目标，才能产生不可思议的结果。

38. 你没钱没人爱，你的爱也是一种伤害。

39. 如果你想去到墙那边，请先把你的帽子扔过去。

40. 目标是成功的开始，成功是目标的达成。

## 第五章

# 境由心生

不要因为别人燃起一把火你就把自己烧死。

1. 有眼界才有境界，有实力才有魅力，有思路才有出路。

2. 选择决定命运，环境造就人生。

3. 我们总是梦想着远方的一座玫瑰园，而不去欣赏今天就开在我们窗口的玫瑰。

4. 小人同而不和，君子和而不同。

5. 聪明人爱说，智慧人爱听，高明人爱问。

6. 一个人的成就大不过他的思想，他的思想大不过他的所见所闻。

7. 别再为打翻的牛奶哭泣。如果为失去一件事物而懊悔苦恼，那么失去的就不仅是那件事物，还有心情、时间和健康。

8. 想哭时要学会笑，想笑时要学会哭。

9. 昨天的太阳晒不干今天的衣裳。

10. 一位领袖一定是一位具有思维力的思想家。

11. 成功最大的敌人就是自己。只有不断克服自己的惰性，不断超越自己，一个人才会变得更加优秀。

12. 只有让优秀成为一种习惯，才能获得非凡的成功。

13. 上帝制造人类的时候，就把我们制造成不完美的人，我们一辈子努力的过程就是使自己变得更加完美的过程。

14. 我们的一切美德都来自克服自身缺点的奋斗。

15. 一个思想家不一定成为领袖，但每一位领袖都是思想家。

16. 人因梦想而伟大，因学习而改变，因行动而成功。

17. 成功开始于你的想法，圆梦则是靠你的行动。

18. 决策的方式有很多种。听多数人意见、和少数人商量。最好自己说了算。

19. 不是因为有了希望才坚持，而是因为坚持才有了希望！
不是因为有了机会才争取，而是因为争取了才有机会！

不是因为会了才去做，而是因为做了才能会！

不是因为成长了才去承担，而是因为承担了才会成长！

不是因为拥有了才付出，而是因为付出了才拥有！

不是因为突破了才挑战，而是因为挑战了才突破！

不是因为成功了才成长，而是因为成长了才成功！

不是因为有了领导力才懂得配合，而是因为懂得配合了才有领导力！

不是因为有了收获才去感恩，而是因为有了感恩才去收获！

不是因为有了钱才去学习，而是因为学习了才有钱！

不是因为有了市场才去开拓，而是因为去开拓了才有市场！

不是因为有了条件才能够成功，而是你想成功才创造了条件。

20．一天的思考，胜过一周的蛮干。

21．世上没有解决不了的问题，只有不会解决问题的人。

22．成功者找方法，失败者找借口。

23．有多大的胸襟才有多大的成就；有多远的眼光才有多远的前程。

24．小我小爱寸步难行，大我大爱行遍天下。

25．用出世的心态，做入世的事业。

26．善因没有恶果，恶因不得善报。

27．听别人的故事，品自己的人生。

28．顺境时善待别人，逆境时善待自己。

29．把困难踩在脚下，你才会站得更高。

30．上善如水，水利万物而不争，所以天下莫能与其争。

31．抱最大的希望，尽最大的努力，做最坏的打算。

32．吹灭别人的蜡烛，不会使自己的房间更亮；蒙住别人的眼睛，不等于光明就属于自己。

33. 不要生气要争气；不要看破要突破；不要嫉妒要欣赏；不要拖延要积极；不要心动要行动。

34. 如果你的面前有阴影，那是因为你的背后有阳光。

35. 如果抱怨能够解决问题，那么世界上就不需要实干家了。

36. 总是抱怨的人不仅容易失去朋友，失去人心，也容易失去自己。

37. 原谅别人常常比指责别人更具有杀伤力。

38. 把朋友变成敌人是一种愚蠢，把敌人化为朋友是一种智慧。

39. 抱怨是一种无能的表现。

40. 想让人和你相处一分钟，你就去指责抱怨他；想让他和你相处十年，你就去鼓励和赞美他；你想让他和你相处一辈子，你就要把他当亲人和家人。

41. 要成功学唐僧，去杂念取真经。

42. 不是没有阳光，是因为你总低着头；不是没有绿洲，是因为你心中一片沙漠。

43. 心态好事业成，不成也成；心态坏事业败，不败也败。心态决定成败。

44. 心态是一个人综合素质的反映。

45. 生活可以很有品位，也可以很无所谓；可以很讲究，也可以很将就；可以很浪漫，也可以很散漫。

46. 种下行动就会收获习惯，种下习惯便会收获性格，种下性格便会收获命运。

47. 如果你是对的，你没必要发脾气，如果你是错的，你没资格发脾气。

48. 辛辛苦苦过舒服日子，舒舒服服过辛苦日子。

49. 三多三不多：鼓励，多赞美，多表扬；不批评，不抱怨，不指责。

50．赢在和气，死在脾气，成在大气。

51．人在一起是团伙，心在一起才是团队。

52．失败者总在怪别人，成功者总在怪自己。

53．吞下的是羞辱，喂大的是格局。你受得了何种委屈，决定你成为何种人。

54．你的世界是由你创造出来的。你是快乐的，你就生活在笑声里，同样，你每天抱怨、指责，你就生活在地狱里。

55．一个人快乐不是他得到的多，而是他计较的少。

56．上等人不动声色干成事，中等人忙忙碌碌不成事，下等人大轰大嗡干出事。

57．一等人有本事没脾气，二等人有本事有脾气，三等人有脾气没本事。

58．当你指责别人时就是放弃了改变自己的机会。

59．人生就像一场旅行，不必在乎目的地，在乎的是沿途的风景以及看风景时的心情。

60．知道不如做到，做到不如得到，得到不如悟到。

61．找那么多失败的经验干嘛，找一条成功的路就可以了。

62．弱者用泪水安慰自己，强者用汗水磨炼自己。

## 第六章

# 水滴石穿

常常是最后一把钥匙打开了门。

1．不是井里没有水，而是挖得不够深；不是成功来得太慢，而是放弃的速度太快。

2．学一遍，做十遍，教一百遍。

3．不要因为一次失败就忘记你原先想要到达的地方。

4．你如果没有耐心等待成功的到来，就要用一生的时间面对失败。

5．成功难，不成功更难；成功难一时，不成功难一辈子。

6．坚持你的相信，相信你的坚持。

7．强者不是没有眼泪，而是含着眼泪在奔跑。

8．一个成功者遭受的拒绝和打击一定比没有成功者多。

9．简单的事情重复做，重复的事情坚持做，坚持的事情快乐做。

10．成功不靠条件，靠信念。

11．成功者永不放弃，放弃者永不成功。

12．不管别人的嘲弄，只要默默地坚持到底，换来的就是别人的羡慕。

13．过错是暂时的后悔，而错过则是永远的遗憾。

14．只有一条路不能选择，那就是放弃的路；只有一条路不能拒绝，那就是成长的路。

15．瞩目远方，你才会加快步伐；观赏风景，你才会步履轻盈；结伴同行，你才能欢歌笑语；风雨兼程，你才能成功登顶。

16．成长的痛苦远比后悔的痛苦好，胜利的喜悦远比失败的安慰好。

17．我一定会跑完全程，就算是最后一名又怎样，只要跑到终点。

18．失败是不需要计划的，成功需要一个周密的计划，并去实践它。

19. 失败是什么？没有什么，只是更走近成功一步。成功是什么？就是走过了所有通向失败的路。

20. 忙于采集的蜜蜂，无暇在人前高谈阔论。

21. 成功的信念在人脑海中的作用就如同闹钟，会在你需要时将你唤起。

22. 志在巅峰的攀登者，不会陶醉在沿途的某个脚印之中。

23. 只有初恋般的热情和宗教般的意志，人才可能成就某项事业。

24. 成功三部曲：为领导人做事，与领导人合作，领导人为我们做事。

25. 成功属于下定决心并坚持到底的人。

26. 成功前先问问自己的脸皮子够不够厚，名片子够不够厚，鞋底子够不够厚。

27. 多个朋友多条路，少个朋友多堵墙。

28. 今天不会养生，明天我会养医生。

29. 健康不是一切，失去健康就会失去一切。

30. 金钱不是万能的，没钱是万万不能的；谈钱很俗气，没钱很生气。

31. 永远向行业第一名看齐。

32. 没有最好，只有更好。

33. 没有失败，又向成功迈进了一步。

34. 延迟不等于拒绝，过去不等于未来。

35. 假如我不能，我就一定要；假如我一定要，我就一定能。

36. 合理的要求是训练，不合理的要求是磨炼。

37. 宁愿辛苦一阵子，不要辛苦一辈子。

38. 成功与借口永远不住在同一屋檐下。

39. 成功 = 为成功者工作，与成功者合作，让成功者帮你工作。

40. 成功五大步骤：一明确目标，二详细计划，三立刻行动，四修正行动，五坚持到底。

41. 不怕成功人清高，就怕成功人弯腰。

42. 自以为"了不起"，就一定会"起不了"。

43. 小成功靠自己，大成功靠团队。

44. 小成功靠智，大成功靠德，全方位成功靠道。

45. 成功的团队没有失败者，失败的团队没有成功者。

46. 团队赢，个人赢，帮别人，成自己。

47. 成功难一阵子，不成功难一辈子。

48. 成功一了百了，不成功没完没了。

49. 成功了自己笑一辈子，不成功被人笑一辈子。

50. 成功者排除万难，不成功者被万难排除。

51. 只为成功找方法，不为失败找借口。

52. 要成功，需要跟成功者在一起。

53. 要成功，不要与马赛跑，要骑在马上，马到成功。

54. 要跟成功者有同样的结果，就必须采取同样的行动。

55. 成功就是简单的事情不断地重复做。

56. 成功者不是比你聪明，只是在最短的时间采取了最大的行动。

57. 成功者做别人不愿意做的事情、别人不敢做的事情、做不到的事情。

58. 要学就学最好的，要做就做第一名；教练的级别，决定选手的表现。

59. 如果没有坚持到底的想法，那又何必开始呢？

60. 人生必定成功的三把宝剑：此生不为钱活；此生不为自

己活；此生只做别人做不到或不愿意做的事。

61. 一旦选择了自己要走的道路，就要勇敢地走下去，不要在意周围诧异的目光，因为别人的目光会追随鲜花和掌声的方向；也不要畏惧前方未知的艰难，因为战胜艰难险阻才会赢得别人的欣赏。

62. 未来的你一定会感激今天拼命的自己。